矽谷　百合

李嘉音——著

在約旦（Jordan）佩特拉城（Petra）千年古墓前，走進《法櫃奇兵》（Indiana Jones）的世界，請您與百合一同暢遊、神往吧！

【推薦序】驚艷矽谷

周芬娜
專欄作家、加州矽谷「紫藤書友會」創會會長

我認識嘉音已將近四十年。回想四十年前第一次見到她，就留下了深刻的印象。那是在我們卜居的紐約上州的普濟渡施小鎮（Town of Poughkeepsie）的某個新春晚會上，她擔任節目主持人。甜美的外形，宏亮的嗓音，一口字正腔圓的國語，都使我驚艷不已。後來我們又成為IBM的同事，都擔任電腦程式設計師，變成了同行。雖因上班地點不同，很少見面，但總還常聽到她的名聲。

不久後，我們又因緣際會的同時搬到加州矽谷，且因參加同樣的社團而得以常常見面，也算是有緣。我因而發現她的領導能力，多才多藝，以及樂於助人的精神。她擔任過青青合唱團的團長，為兩百名團員服務，把團務打理得井井有條。她也在基督教會裡當義工，在樂隊中為大家打鼓。除了打鼓外，她還善長武術和攝影，寫文章對她來說不過是小菜一碟。

我讀到她的新書，最驚佩的是：十四歲就來美國留學的她，一手中文竟如此的流暢優美！遣詞用字活潑、生動而獨特，可說是人如其文。她寫的多半是自己的生活，如何學打鼓，如何學武術，如何在停車場被

打劫，如何學高空跳傘，如何旅遊世界各國，讀來都覺得如身歷其境，親切有味。

她雖走過坎坷的婚姻路，卻成功的創立了她自己的事業「嘉音理財」，走出了一片天空。如今她又像我一樣，走上了創作的道路，在她的處女作《矽谷百合》再版的前夕，在這裡預祝她新書大賣，鴻圖大展！

【推薦序】豐富的人生之路

周典樂
海外華文女作家協會第十五居祕書長

認識嘉音並沒有很多年，但由於她多才多藝，便很容易在很多場合遇到她。譬如我喜歡爬山，週六喜歡參加青青合唱團的登山活動，嘉音多半也會參加。偶而去矽谷電影協會，她必在那侃侃而談。她的攝影技術好，我也喜歡攝影，但手邊的器材及攝影知識遠遠不如她，於是有問題自然向她請教，因此與她碰面與聯繫的機會自然就多了。

記得有段日子，世界日報的家園版，幾乎天天都有嘉音的文章發表，由此可見她的寫作之勤。喜歡看報的我，因此先在報上認識了她。以前週六早上我要送孩子到中文學校上課，所以只有在寒暑假才能參加登山隊。但外子常在週六隨青青合唱團去登山，因此他很早就認識嘉音。有一回學校週六無課，我隨老公去登山，他立刻介紹我跟嘉音認識。第一次見到嘉音，我便對她說：「我天天在家園版看到妳的文章」她卻謙虛地說「我是很愛寫，但沒有天天啦！」當時就覺她爽朗自在，是位可交的朋友。

還記得讀過她在世界副刊發表的〈功夫夢〉，既有趣又幽默！那時還未認識她，但一開頭她就提到從小愛看武俠片，狄龍、姜大衛、岳華都是她心中的偶像；這點與我有百分之百的共鳴。她因為國中畢業後要到紐約讀書，紐約黑人多，她母親認為「黑人多是壞人」，因此送她學功夫，以便將來做防身之用。她在一枝花的年齡因緣際會，又進入住家附近的武林寺學藝，練了五年功夫，還到柏克萊加大參加武術比賽，前後得過六項金牌。最好笑是她第一次上場比賽時拿錯兵器，一時情急竟對看台上大叫：「快把劍扔給我」當然沒有人敢把她的劍扔下來。她的文章中不乏幽默，例如自紐約搬來加州，初次去太浩湖滑雪，穿上鏟雪的冬衣就上陣了。殊不知加州與紐約民情不同，加州人滑雪是奢侈運動，個個穿的是漂亮的滑雪套裝，她那副裝扮，遂被人當做難民看待。參加滑雪比賽，她一路消遣自己技術爛，因弄不清規則而頻頻鬧笑話，但她仍用心參賽，結果得了第三名。學打鼓靠著一招走天下，三十年後重又拜師學藝，還組織樂團，上台表演。她文章中的笑料都是她的親身經歷，妙趣橫生，幽默天成，讀來常讓人大笑不止。

嘉音能歌善舞，並有多方面的興趣，文能寫作，武能滑雪、打功夫、打鼓。她亦燒得一手好菜，插花、攝影皆精通，還有閒蒔花種菜做園藝。她好學不斷，什麼都學，人到中年居然學跳芭蕾舞，肚皮舞，真是十八般武藝樣樣精通。嘉音愛旅行，走過不少地方，見多識廣，生活經驗豐富，因此有寫不完的題材。

從嘉音的文章中發現她不但好學，並熱心助人，心地善良。為了看瑪丹娜的演唱會，她自告奮勇去排隊買票，由於一人可買八張票，她起早趕晚千辛萬苦擠了半天買到票，一舉可造福另外七位朋友。演唱會結束後，見一黑人販賣娜姐T恤，她拿了T恤，不及付錢，卻見警察抓人，小販跑了。她不忍老黑拿不到錢，硬追著把人找到，塞錢給他。到絲路旅行，在鳴沙山騎駱駝，看到駱駝鼻子發炎，她一定要找到駱駝主人，告訴他幫駱駝治病。這類小事，不勝枚舉，在在看到她悲天憫人之心。

初中畢業就來美國讀書的小留學生，大學唸的是電腦軟體，竟然能行雲流水地不斷創作，實屬不易。當然除了她自己說的「從小就喜歡塗塗寫寫」以外，她也喜歡閱讀，再加上努力，所以中文不但沒有忘掉，反而越來越好。由於她的好學，勇於嘗試，如〈Half Done 攻頂〉，累積了一般人不易經歷到的特殊經驗。她闖南走北，更累積了許多閱歷。她豐富的生活，寬廣的接觸層面，為她帶來源源不絕的靈感。所有的「明日的路程」，不斷地化為文字與大家分享。而途中的所見所聞，感觸與啟發，又會變成她的「昨日的心情」。所以，嘉音有說不完的故事，您要不要泡杯茶，坐下來翻開她的書，細細品嘗嘉音豐富的人生之路呢？

【作者序】

從小我就喜歡塗塗寫寫，隻字片語隨手就丟。自從有了智慧型手機，雲端自動幫我儲存，這才匯集了這第一本由手機寫出的十萬字。

在日後長大了才知道，當初母親生下我的情景是如此窘迫。那一個風雨交加的夜晚，母親走了好幾里路都叫不到計程車。最後在天使歌唱，響起報佳音的時候生下了我。那天是聖誕節，本來應取名叫「佳音」，也許是希望可以給這個家庭帶來一些喜訊。外公是浙江永嘉人，人不能忘本，於是就把我的名字改成「嘉音」用永嘉的嘉，而佳音的佳則留給妹妹。

我其實一直都不喜歡這一天的生日，因為在台灣，這一天是行憲紀念日，所以學校、公家機關都放假。做學生的時候，學校放假永遠不能跟同學們一起慶祝。上班的時候，無論是在台灣或是在美國，這一天也都放假，所以也無法和同事們慶生。而在美國，許多的餐館都會在生日當天免費請壽星吃飯，而我卻永遠吃不到這一頓免費生日大餐，因為百分之九十九點九的餐廳，這一天也都關門公休。更別說生日禮物了，我的生日與聖誕節撞期，舉世歡騰都在慶祝聖誕，同時交換聖誕禮物。所以我拿到的禮物永遠都是二合一的禮物，他們永遠都說，這是一個大的禮物，就連卡片也只有一張：「生日快樂並賀聖誕」，我就是年年如此的這樣過生日。

後來覺得事情如此這樣也並不壞，自己成立公司的時候取了「嘉音理財」，沒有想到大家都十分喜歡這個名字，響亮又喜氣。來美國唸書時，父親為我取了一個英文名字叫做「Lily」，他說因為美國的老師不會發我的中文名字的音，上課的時候不會叫我的名字問問題，所以不希望我有學習障礙，於是為我取了一個英文名字。又因為我的小名叫做「妞妞」，說和 Lily 發音很像，是嗎？於是將錯就錯，我的英文名字就一直叫做 Lily。其實對於這個名字也不是太喜歡，在學校的時候，總是有人拿我的名字開玩笑，因為姓李，所以叫 Lily Lee，同學就常常用這個相同發音的名與姓來取笑我。

自己一直都很喜歡一首聖詩：「谷中百合」Lily of the Valley。到了矽谷之後常常說我是 Lily of the Silicon Valley，這更是讓許多朋友、同事們笑掉大牙。沒想到就用這笑掉大牙的名字，出了我生平的第一本書。在這裡要感謝國虎兄，為我的書取了這個名字——「矽谷百合」，人生一層層的際遇、緣分真的是很奇妙，起先覺得是壞事，可能後來就會變成好事；山不轉，路轉，這就是人生。後來常常在聖誕假期的時候參加旅遊，全車的人為我唱生日快樂歌，用多種不同語言的唱法：國語、台語、英語、山東話、黃梅調、流行歌曲、民歌、平劇、京戲……處處驚喜。

第一次來美國是十四歲的時候，念紐約皇后區的森林小丘高中。當時並沒有「小留學生」這個名詞，與妹妹一起移民來美和爸爸住。當時怕兮兮的，於是寫下了「我不知道」一文。許多人問，為什麼這麼小就來，中文可以保持住？當年的華人在美，還沒有中文學校，我的同學們大多是看武俠小說記住中文，而我則是靠天天寫信給媽媽。

「矽谷百合」這一本書的完成，要感謝許多人，首先要感謝世界日報的解時村先生，若不是他不斷的鼓勵，我根本不敢下筆。之後又為我做第一輪的校稿，夜夜加班，挑燈夜戰的完成初次校稿工作，對我真的是恩重如山！我的大學同學素梅，為我做第二輪的校稿，她是初中就來美國了。這會兒才知道，香港來的，很多都是找錯字專家。更要感謝玲瑤姐請我吃飯，不停的激勵我，不然我想都不敢想「出書」二字。也要感謝海翔的經驗分享，連絡出版社，不然從何著手都渾然不知。再者要感謝青青以及這幾年的文書，不嫌棄我的文章，而且經常首刊就先上青青園地。要感謝國虎兄嫂不停的督促我，要我放出矽谷一劍，並在台灣為我製作一枚圖章，說是作家了，簽書可用，而且為我憂心及安排運書事宜。更感謝亞瑟王，不停出招，帶領大夥兒出遊，引發出我無限靈感。

要感謝矽谷電影與文學俱樂部的會長 Henry，大膽擔當的為我作了一個網站，將我文章全部整理出來，不然它們仍舊是隻字片語散落在雲端裡。當然要感謝基督之家第四家查經班的弟兄姐妹，頻頻問道，何時再有佳作？另外也要感謝IBM Bay Area的老戰友，一路支持、鼓勵加讚賞。以及愛久久團隊和Visa / Sun Micro的好朋友、同事們以及金蘋果小組和「大老婆俱樂部」力挺及愛心灌注等，不勝枚舉，助我一路走下去。

最最重要的是感謝我的母親生了我，而且我的文章篇篇必讀，頻頻說我了不起。我很喜歡寫作，但是沒有像大作家們擁有十分耀眼亮麗的文學學歷。我擁有的就是對寫作一片赤誠的心，我的故事都是用心寫的。在不斷的嘗試以及跌倒後，再加上家人以及朋友們的鼓勵，終於達成了我的一個心願，出了我的第一本書。書中的世界是一個真實的人間記錄，而且大部分也都是做了單親之後的生活體驗。

在矽谷，朋友之間給我一個雅號，叫做「踩不死的玫瑰」。這是一個教我哭笑不得的雅號，背後藏了許多不為人知的心酸。但是一顆永不放棄的心，教我求新求進，求更快樂、更美好的一天。寫作是一個孤獨與快樂的最高境界，能上天堂也能下地獄，穿越無限的時空。在這裡哭，在這裡笑，在這裡遨遊天下，在這裡回顧過去，嚮往未來。花了三年跨出了第一步，希望第二步、第三步能接踵而來，更希望你能和我一起舞出燦爛的人生。

目次
Contents

卷二　明日的路程

卷一
昨日的心情

功夫夢

從小就愛看武俠片，狄龍、姜大衛、岳華……都是我心中偶像，夢中情人。每次看電影他們飛天遁地，武藝高強，俠氣沖天，就羨慕的要命。巴不得一飛入鏡和他們一起鏟除孽障，為民除害。

國中畢業，來紐約唸書，媽咪因為怕我被黑人打（媽咪眼中，黑人多是壞人），於是國二時便要我課後去上武術學校，以備不時之需。我興奮到幾個晚上睡不著覺，心想我很快就會武功高強，飛簷走壁了。而且當時李小龍大大有名，在美國只要一說 Bruce Lee，個個聞風喪膽。李小龍姓李，我也姓李，祖宗八代，至少有一代是親戚，看誰敢欺負我？

當時班上有個阿碧，和自家弟兄習武多年，五短身材，說是女生卻又像男生。走路、講話、個性，沒看到一點女生氣息。心想她將來會嫁給誰呀？結果自己白擔心，後來阿碧嫁給泰雅族王子（媽媽說是最好戰的那一族），真是一山還比一山高。我每天就和阿碧放了學去學中國功夫。

功夫老師是達摩三十幾（數字不重要）代嫡傳弟子，也就是說我學的是少林功夫。哇！聽起來就很過癮。每天除了做踢腿、折腰、倒立等基本功之外，也學習前滾翻、後滾翻、空翻以及刀戟劍棍和少林拳術。二年下來，雖然不會飛但也會跳，走路有風。

來美之後，出入小心，所以未曾出手過，因此所學荒廢。一年年的過去，畢業、做事、生兒育女，為事業家庭打拚，我的功夫夢早就碎了。一直到李安的《臥虎藏龍》出來，我又看到當年的飛簷走壁、蜻蜓點水，一口氣看了七遍，看得我老淚縱橫、不勝唏噓，因為覺得時不我與。

不知什麼時候，家附近開了一間武林寺，每天開車經過都會見到他們教學項目：雙節棍、九節鞭、九龍關刀……看得我心癢癢，可惜坐四望五，年老體邁，這都是過眼雲煙。一天，琴來找我，她交了個摔角冠軍，同時也會武術的男友，大概想要和他有共同話題，於是找我一同上武林寺學武。好！要死一起死，小姐她年齡比我還大，我們都是為愛犧牲，兩人進了武林寺報名。

武林寺中有七、八位師父，都是國內來的武林高手，大多是少林寺武術學校畢業的，年齡都是二十歲上下。武林寺學生大部分年齡約六歲至十六歲，四十歲以上的，幾個手指都算得出來，我和琴大概是全寺中年齡最資深的兩位。大人小孩一同上課，以不同腰帶顏色分級分班。一起跑，一起跳，一起翻，一起踢。每次上課，我跑得最慢，跳的最低，可是最專心學習，因為我是自己繳學費，其他的小同學都是被父母打鴨子上架，趕來的，愛學不學的。琴和男友幾個月後分手，於是留下我一人，繼續學了五年。

進入了武俠的世界，開始接觸到許多同好，也見到了許多場的武術表演及比賽。記得有一次柏克萊武術大賽，我去為同學加油，一位老美同學問我：「Lily，你為什麼不參加比賽？」我差點沒笑掉大牙。老美就是這點可愛，不知天高地厚，此地高手雲集，想出醜也不用到此。接著他說：「四十五歲以上可以參加老人組，那兒比賽功夫的人少。老的都去打太極了，你想想！」咦！這招英明！我還有一年半就四十五歲了，指日可待，於是我努力不懈，等待四十五歲的來臨。但心中仍是許多的不確定，所以每年還是來柏克萊觀摩比賽和為同學加油。

觀摩的幾年期間注意到一個老美老頭，功夫打的極爛，可是年年參加。每年見到他參加的項目愈來愈多，功夫裝也是一套一套的換。當然持之以恆，他的功夫也稍有進步。後來居然看到他開始拿獎牌，原因不等，可能報名人數不足或高手馬失前蹄、犯規等等，於是大大的鼓勵我進軍比賽的心願。

有了目標就有了決心，有了老頭更有了信心。除了每星期按時上課，專心學習，兵器、拳術愈學愈多。南拳北腿、長短兵器，時時考試晉級，腰帶顏色也愈來愈深，快與黑色接近。同時也參加寺內比賽，以增加臨場經驗。

柏克萊加大武術大賽（UC Berkeley Chinese Martial Arts Tournament）是

每年四月在柏克萊校園內舉行。各路英雄好漢齊聚一堂，從早上八點比到晚上十一點半，多種項目同步舉行，目不暇給，精彩萬分。我則是在比賽前一、兩個月便開始增加練武時間，摩拳擦掌，每日聞雞起武。但是也無法練得太多，因為一大早體力耗盡，還得上班、帶孩子、洗衣做飯。

緊張的日子終於來到，武術比賽報到手續繁複，規則又多。若是搞不清狀況，會是白練一場，得再等一年。那年，我比長短兵器，想想大概還要等很久才會上場，於是先坐在看台吃午餐，三明治才咬一口，就聽到大喇叭播音叫我的名字，叫三次如果沒出現便喪失比賽資格。我丟了三明治，拿起兵器就往場下跑。在場外跑了三大圈不得其門而入，最後衝進鐵門，氣喘如牛，滿頭大汗。因為大會找不到我，正預備進行下一項目。見到我，問我需要暖身嗎？我說，謝謝，已暖好了，喘呀喘的。上場第一步是檢視兵器，我畢恭畢敬的走向裁判，一面鞠躬一面呈上兵器，就像武俠片裡徒弟對師父一樣。結果裁判說，這是短兵器比賽，你的短兵器怎麼這麼長？我這時一看，哎呀！我一心急，抓了兵器就跑，根本沒看抓了什麼？手上拿的是長棍，於是就向看台上大叫：「快把劍扔給我！」（那時真恨不得會輕功），他們哪敢扔？劍就由觀眾席上一層一層的運下來交到我手上，我才完成短兵器比賽。

我總共去到柏克萊參賽兩次，一共拿到六項金牌：小洪拳、刀、劍、棍、太極功夫扇和八福獻瑞（扇）。其中扇子是集體比賽項目，集體難度高在必須動作整齊劃一，開扇合扇只能一個聲音。我們這組六位老人家打敗了所有UC的年輕小伙子，大家都刮目相看。孩子們也很可愛，和我們這群老太婆照像。

最後要在此聲明，老來習武不容易，寺內四十歲以上的學生幾乎都受傷。我也是全身瘀青，夏天不能穿短褲短裙，因為腿上青筋爆露，而且練兵器打到割到比比皆是。練兵器，未先打人會先打到自己。翻呀滾的也容易筋骨受傷，一定要三思而後行。現在已改打太極，但功夫底子是太極很好的基礎，沒有白學。雖然我沒有成為雪山飛狐，但有時去摸摸我的金牌，也算沒白忙一場。

滑雪記

我在紐約長大，所以每年都必須與雪共存。踏雪上學，到後來鏟雪才能上班（因為要先把車從雪中挖出來），這都是加州陽光下想不到的人間疾苦。到了冬天，如果不滑雪，就得在家發霉幾個月。

第一次滑雪是大一的寒假，因為搞不清狀況，再加上窮學生裝備不齊，戴了副毛線手套就上場。手套結冰，加上跌個半死，手指凍僵，大姆指摔斷了都不知道。直到吃晚餐時手指解凍，不能拿筷子才發現，這就是此生第一次滑雪的下場。

搬來加州後發現滑雪是一項奢侈活動，不再像紐約每個週末都可去，或是今天下大雪就打電話到公司請病假，去滑雪。到太浩湖（Lake Tahoe）滑個雪，千山萬水，還得住在那。滑雪票比紐約貴得多，因為都叫 Resort，有的還有商場可以瞎拼、溜冰、洗溫泉、高空彈跳。不但如此，每個人穿的都是色彩鮮艷的滑雪套裝，用的都是名牌雪具。和紐約式滑雪大大不同，穿的是每天鏟雪的冬衣。第一次來加州滑雪就被人當做難民看待，當然這一點立即就得修正，花錢囉！

由於加州滑雪路途遙遠，所以機會變少，技術也愈來愈爛。再加上年歲的增長，膽子愈來愈小，體力愈來愈差，與滑雪的距離就愈來愈遠。每次看電視上的奧林匹克選手們閃電般的速度飛馳下山，或是高空騰跳，轉幾個東南西北、前後的空中翻滾，再平安落地，都羨慕得要死，希望能是自已多好！

幾年前參加了一個滑雪俱樂部（Nisei Ski Club），日本人辦的。日人滑雪歷史悠久，高手也多。我在裡面技術爛到不行，只有招歧視的份。加入三年，都是掛車尾。有一年他們決定舉辦滑雪比賽（Downhill Ski Speed Racing Contest）。我想這哪有我的份？結果有幾位會員大概想找人墊底，一直鼓勵我參賽。我前思後想，辦一場滑雪比賽不容易，我也老大不小，今日若不參賽，可能一輩子都沒機會了。而且在 Squaw Valley USA 比賽，是如假包換的奧林匹克比賽場地。想想就算能上場有個經驗也不錯，於是鼓起勇氣繳錢、報名。

Squaw Valley USA 真不是蓋的，大戶人家辦起事來就是氣勢磅礴，有模有樣，世界級的比賽場地，一共有十二對紅藍旗幟。兵分兩路，槍聲一響，一起出發，這樣才有競賽感。往下滑時左彎右拐，曲道飛馳，不可轉錯或錯過旗幟，和電視上一模一樣。我不停的問我自己，知不知道在哪嘛？真的是愈看愈心驚肉跳！輪到我時已是兩腳發軟，兩眼發昏，問他們到底藍旗紅旗，哪個左轉哪個右轉，問了三次，別人都在瞪我！站上跳台，大家都是前後移動，增加起跳的速度，我也依樣劃葫蘆。在腳前有一隻活動的小棒子，一衝出去，觸碰了棒子，就開始計時。我管他三七二十一衝了出去，左啊右啊媽啊爹啊，見了旗子就轉，也不知顏色對不對，這輩子沒衝過這麼快的速度，真是不要命了。心想如果今日屍骨尚存，此生再也不玩這種遊戲。衝到了最後的一副旗幟，居然插在大樹旁，大樹邊因為溶雪，在樹的圓周邊形成了一個大洞，洞邊和旗幟的中間只有一呎寬（也就是十二吋的意思），一定要對準通過，不然就是死相很慘。我告訴自己：我不行了，已力不從心。我不是撞樹，就是跌入洞內，急的想哭，心中已經放棄。忽然眼前見到幾位好友在那揮舞大叫，「YES! Lily, You can do it!」哇！我居然還有粉絲？怎麼可以讓他們失望？鼓起勇氣，專心一致，過了這一關，永遠不再回頭！就這麼衝過了終線。

回到了起跑處，才知道，有人見到連 Lily 都參賽，報名人數激增。這次比賽分三組進行，初級、中級與高級。因為自己覺得技術不夠，所以參加初級組，結果初級組人數最多，大家都說應該參加高級組，競爭者少，容易拿牌。一共五十六人參賽，三十八人在初級組。每人有三次機會，以最好的那次計分。結果那天許多高手因為求好心切，滑得太快，失速跌跤，或轉錯旗幟。更多的在最後一關，撞到那棵要命的大樹，或是跌入洞內。結果高手馬失前蹄，最後我拿到了第三名，現在是銅牌選手，光宗耀祖，哈！

人生苦短，過了這個村，就沒那個店，一定要把握機會。輸了，得人生經驗；贏了，為自己留下證據。龜兔賽跑，參加就贏了一半！

打鼓記

高中時代，甜心是學校樂隊的主唱。那時放學一起走路回家，他每天要我去音樂社等他。有時一面聽他唱歌，也看著樂手們練習和摸摸他們的樂器。當時大家都流行彈兩下和弦吉他，自己自彈自唱也很過癮，但是會彈電吉他的人不多，能組樂隊的更少。樂隊算是學校社團之一，所以學校有所補助。

有一天我等得有點無聊，鼓手問我想不想學打鼓？我說，我？沒想到這一句話，為我的打鼓生涯埋下了一粒種子。那位鼓手，神乎其技，左右開弓，我真的不知道他是怎麼打的？左手右手拍子不同，左腳右腳不但拍子不同，輕重也不同，簡直不像一個人做出來的動作。他教了我一招，是在搖滾樂曲中最常用的打法。於是我每次去等甜心時就練那一個打法，結果那一招陪了我三十年，有機會碰到鼓，就打那一招。

做了媽媽後，帶女兒上音樂課，鋼琴、小提琴、笛子……都是個人班，一分鐘一塊美金，我除了付錢，等下課，就只有做柴可夫司機的份。曾幾何時兩個女兒都長大了，上了高中，都要學吉他。先是學和弦吉他，接著又換成電吉他，都是要組樂隊。看到女兒在學校台上和樂隊表演，也想到了自已的年輕往事。

女兒上了大學之後，家裡一點聲音都沒有，十分想念她們幾位同學來家裡彈鋼琴、玩吉他、唱歌的聲音。一天，有一位朋友寄給我一個YouTube 短片。片中是一個四歲小男孩在聖誕節表演打爵士鼓，那鼓比他還高，打的正是我高中時代學的那一百零一招。我說，什麼？連四歲小孩都做得到？我為什麼不行？很快的，心中做了決定就立刻進行。工欲善其事，必先利其器，先花錢買了一套電子鼓。因為怕鄰居會抱怨，電子鼓可以戴耳機打，不怕吵。樂器店推薦了一位打鼓老師，於是打電話去報名，開始我的打鼓課。打鼓老師是一位六十八歲的老美，打了一輩子的鼓，一生中參加過無數個樂隊，也參加過無數場表演。他的學生都是小學或中學的學生，我是最老的學生。這位老師是小學生教法，功課特多，每天打一個小時都打不完。打得我精疲力竭，心驚膽跳，生怕功課做不完。打了半年也沒打到一首我想打的歌，於是就想也許應該找個中國老師，有一些共同語言，打起來也有趣些。

經由一位打鼓朋友介紹了一位越南華僑，這位打鼓老師有樂隊，自己是主吉他手，寫所有樂隊的樂譜。他不停的告訴我，最好學樂器的方式就是組樂隊，每週樂隊練習，然後在小型或家庭式的場合表演，增加臨場經驗。他和上一位老師，完全相反，沒有功課，要我要有「創意」。我還沒學會，哪有創意？這也學得我心驚膽顫。因為他自己接秀繁忙，又鼓勵我飛，介紹了我幾位樂手，我就出來自組樂隊了。

組了「加一樂團」，一位主吉他手，一位貝司手，一位和弦吉他手和一位琴鍵手，一共五個人。大部分的樂手都有臨場經驗，也都是由高中玩起，也會寫樂譜。練習時間就在下班之後，場地就在我的辦公室，所以當時為了樂隊還搬了大一點的辦公室。又因為拆鼓拼鼓耗時耗力，所以又買了一套鼓放在辦公室。這回買的可是正正式式、漂漂亮亮的傳統爵士鼓，放在角落金光閃閃，又好看又酷炫，看著它心中都舒服，愛得不得了。

樂隊開練沒多久，就發現大家對我都皺眉頭，搖頭兼嘆氣，沒好氣時還會吼我兩下。我就知道我加入樂隊還不夠格，可是組織樂隊真的不容易，不可就此罷手，我得再接再厲，於是繼續深造，再請名師。這次經由貝司手介紹了阿東老師。阿東經驗老到，灣區一流，由香港打到美國，打了幾十年的夜總會，幾百首歌都在腦裡，不用鼓譜，無師自通，是天才型。收了我做徒弟之後，也知道時不我與，不能再浪費時間，只能教有用的。阿東教學盡心盡力，每次開一小時車程，把他的鼓拆了，運上車，再搬上二樓我的辦公室，再拼起來。每次和我兩鼓對打一個半小時，我真的就進步很快。除此以外，他也帶我「出場」，每次他有表演或練習的機會，他也會讓我打幾首，以增加我的臨場經驗。

青青合唱團在三十週年團慶時，想辦一場「再度年輕」的舞會，於是我自告奮勇，問團長需不需要樂隊伴奏？經過同意之後，我們決定由青青團員們自己唱，這時大挑戰來了。大部分的樂隊都有自己的主唱及合音，這次採用同樂會方式，大家唱。十五首歌有十五位不同的歌手演唱，每個人唱腔、風格、曲調都不一樣，累死我們的樂手，也打死我這初入行的鼓手。日子愈來愈近，阿東見到我都問我：「Lily 呀！驚唔驚？」（怕不怕），每次問每次問，問得我不驚也驚了！

重要的日子到來，拆鼓、搬鼓、拼鼓，弄的我滿頭大汗，腰酸背痛，搞了幾個小時，難怪女鼓手少之又少。第一次搬鼓就少了三個螺絲，還好鼓站起來了。阿東曾告訴過我，上場和練習不同，如果平時練習有九十分，上場只會有七十分。說的真沒錯，喇叭有問題，麥克風沒聲音，場地太大聲音不夠，台上你聽不到我，我聽不到你，各式各樣想不到的問題一起出籠。當然樂隊硬撐到底，大家痛快唱、痛快跳，圓滿結束了我的處女秀，初夜表演。

學音樂是一件快樂的事，進入了音樂的世界，大開眼界，認識到許多高手。除了樂手、歌手，還遇到超會玩音響的ＤＪ，還進入錄音室錄音，都是酷到不行的人與事。年紀大，學鼓的困難除了體力，還是體力；打到網球肘受傷，還愛不釋手。脖子酸，肩膀痛，都是正常不過。這把年紀還能夠和樂隊站在台上演奏，聽著歌手賣力的唱，看著舞者開心的跳，心中的快樂是無以倫比。「鼓」勵週邊的人，嚐試新的體驗，都不知道未來影響的深遠。怎麼樣？來試下吧！

肚皮舞

曾幾何時自已也會愛上肚皮舞？一切都是機緣巧遇。以前對肚皮舞都是遠距離的觀望，覺得她們又美又艶，從來也不會想到自己會是其中的一份子。

事出有因，聽我道來：有一次應邀和幾位功夫舞蹈女郎去表演，我們十分辛勤的排練，表演得也不錯。可是在我們節目之後的一個肚皮舞節目卻是掌聲雷動，仔細看看，她們也沒什麼驚人之舉，只不過左晃晃右扭扭，騷首弄姿一翻，卻得了滿堂喝彩。而我們幾位功夫女郎，聞雞起舞，不曾間斷，動作純熟，表情一致，簡直無懈可擊，可是觀眾對我們的態度好像看見又沒看見的樣子，這，需要檢討！

回去後左思右想，前顧後看，把表演的錄影看了又看，覺得我們的功夫舞蹈表現不凡，並不亞於肚皮舞，為什麼別人的掌聲多過我們？好了，看出來了，她們穿得比我們少！哇，現在回想幸好我們的節目在她們的前面，不然我們的節目那有人看呀？功夫裝緊包密實，扣子一路扣到脖子上，真是不養眼。舞台表演是整體設計，不能光憑技術。如不能打敗敵人就加入敵人吧！於是我開始找肚皮舞課。

我的運氣很好，第一次找到的肚皮舞課就與我十分契合。老師跳了二十幾年的肚皮舞，長的漂亮，身材又好，舞技一流。原先是ＨＰ的軟體工程師（咱們矽谷真不是蓋的，人才濟濟，臥虎藏龍），晚上也在餐廳表演。嫁了一個百萬富翁的老公之後就辭了工作，專心教舞。老師十分注重表演，所以每期課一完，一定有一場肚皮舞晚宴。晚宴都是在史丹福大學內的私人俱樂部，俱樂部內環境幽雅，食物水準一流。因為老師的老公是會員，所以每次表演都可以請家人朋友一起享受美食和欣賞表演，可說是低消費、高享受，物超所值。

教學中，除了學習肚皮舞的歷史緣由，也教方法。肚皮舞當中最難學到的就是 isolation，也就是每一段的肌肉要分段進行，動上就不能動下，動左就不能動右。同學中環肥燕瘦，但個個肥肉下都有肌肉，想動哪就動哪，不是想像的那麼容易，動不好還會來個肌肉扭傷什麼的，真的要小心。

快到表演的日子，大家開始張羅上台的服飾，這才是最精彩的。肚皮舞店內的衣服都好美好美，還有配帶的頭飾、耳環、項鍊、手鐲、戒指、腰帶、鞋子……。哇！真是讓我瞎拼的生涯又殺出了一條血路！

在學習肚皮舞課三年之後，參加了無數場表演，老師說：「Lily，該是你獨舞的時候了。」什麼？獨舞？那就是自己選音樂，自己編舞，自己設計全套動作及服裝，一個人從頭跳到尾，沒有偷看的對象。想了很久，這也算是我與肚皮舞之間的里程碑。決定了之後第一件事，先選音樂，選定了音樂就知是快版或慢版，瞭解了音樂再設計舞步及服裝。最好的舞衣就是親自做的舞衣，因為只有自己做才會真正合身。老師開了一門製作舞衣的課程，也見識了老師櫃子裡二百多件漂亮的舞衣，件件都是她的傑作。

我的舞藝不高，可是會打功夫，於是想別出「新」裁，設計一套功夫肚皮舞。肚皮舞中用的埃及刀，我把它換成了少林大刀。歌曲中有歌詞的部分跳肚皮舞，過門的部分打功夫。我每天聞雞起舞，在游泳池旁練了一個月，直到動作純熟。

到了表演的那天了，除了心驚膽跳，更且是心驚肉跳。手心出汗，刀子都拿不穩。好笑的是功夫部分，信心十足；肚皮舞部分覺得像個幼稚生。數拍子，記動作，聽音樂，不要忘了笑、笑、甜美的笑。一場下來，還好，沒出錯，最後來個三百六十度空中拋刀，換手接柄，收功。嗯，漂亮！不愧我幾年的功夫基礎，真的是養兵千日，用兵一時！只聽掌聲雷動，加上口哨聲四起，大家都說是耳目一新前所未見的肚皮舞。好啦！這也算是為我們功夫舞蹈扳回一城！

劫後餘生

六月的一個涼爽夏日的夜晚，好友蓋瑞來訪，於是決定出去走走，順便看看街頭藝人表演，聽聽音樂。選的是山景城，因為那裡有好吃的義大利冰淇淋。

星期五的晚上，山景城車水馬龍，萬頭攢動，車位找不到，得停到停車塔的最頂層。走到街上享受到夏夜悠閒自在的氣氛。街頭藝人奮力表演，路人也隨著音樂起舞，氣氛又輕鬆又寫意。冰淇淋店大排長龍，老板忙得不亦樂乎，收銀機入帳叮叮噹噹響。我們邊走邊吃，享受音樂及美食，高興的像在天堂。

到了十一點多，便回往停車塔走，其間要經過一條黑巷，我們也都快步行走，十分警覺。小時是在紐約長大，父親時時耳提面命，入夜後不可走僻街暗巷，深夜也不許出門。蓋瑞是緬甸華僑，自小國家多難，恐怖場面也見過不少，所以也十分小心。

到了停車場頂層，正在開車門之際，覺得有人用東西抵住背脊，然後輕聲說：「不許動！舉起雙手！」接著就是搜身，以及命令我們不准回頭看他們的臉。我們被打劫了，兩個墨西哥人、兩把槍。當時覺得那兩個劫匪神色緊張，拿著槍還發抖。心裡一直盤算：要不要搶槍？在功夫課學過單手入白刃，但卻沒學過單手奪手槍。而且不確定那兩把槍是真？是假？

如果是真槍，搶來後會不會使用是個問題。如果槍是假的，一定被他活活捶死。更何況蓋瑞不知怎麼想？如果他不能和我同步進行，同時都搶到槍，勝算就變的微乎其微。但再想，這兩位劫匪也不可能混的太久，因為這麼熱鬧的夜晚肯定有人來拿車。

接著劫匪要我趴在地上，槍管頂著我的頭，同時要蓋瑞開車上所有的門和行李箱（Trunk）以及手套盒（Glove Compartment）。那天開的是我的車，許多小門他們都打不開，我趴在地上發號司令，想要幫幫他們，大家都叫我住嘴。結果那天運氣不錯，他們打不開手套盒，我的手機和皮夾在內安然無恙；那天沒帶皮包及首飾，只被搶掉十元美金。蓋瑞比我慘，手機、皮夾、信用卡全沒了。車內搜不到東西就搜行李箱，結果沒啥好東西，聽見有別人進入停車場拿車，兩劫匪便迅速逃離現場。

接著就是報警。警察局就在停車塔的隔壁，所以立即到來，說明原委，警察們就立刻開始抓賊行動，不到二十分鐘便抓到一個老墨。分兩梯次要我和蓋瑞分別指認，我們兩人不可談話或交換意見。他先去，回來後我再去。警車將我載去一個街角，抓來的老墨就站在一顆大樹旁。幾輛警車的車頭燈都打在他全身上，讓我一覽無遺，可是他卻看不見我。這時我才想起，慌裡慌張下，我根本不記得那兩個劫匪長什麼樣？我記得他們穿什麼，可是這個抓到的人穿的衣服又不太一樣，劫我的老墨好像沒戴帽子，可是這老墨又戴個帽子。警察一直在我旁邊告訴我，不要看衣服要看臉，因為衣服可能換過，要我看清楚，不要巫賴好人。我的記憶裡劫匪的臉一片模糊，有沒鬍子都不記得，真的又怕巫賴好人，所以就不敢指認。

回到現場，見到蓋瑞便和他對話。蓋瑞說，就是那個劫匪沒錯。因為一個說是，一個說不是，所以警察只有放人。蓋瑞氣的跳腳，說我讓罪犯脫身，他的東西也拿不回來了。那我怎麼知道？下回就有經驗了。

這晚之後，蓋瑞不止一次的回到犯罪現場，想尋個蛛絲馬跡的，相信是不甘心。他說以後再遇到這種情況，一喊「打！」（他不會說中文，但這句可學的快）兩人便立即搶槍。蓋瑞的表哥是警察，於是為我們安排了一天槍枝使用和射擊及攻防訓練的集訓課。全是真槍實彈上陣，也是訓練警察真正的課程，一步一步的教我們，真的是受益匪淺。

幾天後警局打電話來，要我們輔佐畫相，以便擒賊歸案。我對他們說真的很抱歉，我什麼也不記得，而且我覺得對我來說，老墨都長的一個樣。可是蓋瑞記得，說得和真的一樣，畫的人更是畫的栩栩如生！兩天之後，警局打電話來了，要去認人，抓了四個老墨排排站。就像電影裡面一樣的雙面鏡，你看得到他們，他們看不到你。結果正如我說，四個人長的一模一樣，蓋瑞也分不出來，只有統統放行。

事後我與太極及功夫老師討論此事，如果當時搶槍，到底勝算是多少？老師說：兩個人兩把槍，難度有點大。但是如果一個人對付一個人，我可能有機會和他纏鬥一陣，成敗勝負要看許多情況而定。不過他讚許我當時的鎮定以及沒有輕舉妄動，重要的是如何安全的全身而退。

以前一直認為山景城的那座停車塔是十分安全的，但世風日下，人心不古，經濟不景氣，大家都沒錢。好在老墨只是要錢，沒有要我們的命，我們算是幸運。警察對我說，如果在這種情況遇到這種事，最重要的是記住劫匪的一兩樣特徵。例如有沒有鬍子，臉的形狀或直髮、捲髮，只要能記住一兩樣東西，對警察都是很大的幫助。但說實在的，說時遲那時快，措手不及慌裡慌張，真的是很難集中精神，記住那麼多。更何況，從頭到尾老是在想著如何打敗劫匪，不是嗎？

在我被劫的幾日後，一位由維州來 Google 面試的工程師在屋崙遭劫殺害，留下妻子及三位幼兒。和他比起來，我是幸運得多，劫匪只要錢、不要命。我們遇到同樣的事，得到不同的結局。事情發生到自己身上時，忍不住要問一下，到底該怪誰？

雞蛋碰石頭

為什麼叫做「雞蛋碰石頭」？因為不知道「Skydiving」怎麼翻譯，是不是叫做「高空飛行和教練跳傘」？因為如果就稱為「高空跳傘」，實在太往臉上貼金。明明是和教練綁在一起，他做所有的事，我只負責尖叫、尖叫、再尖叫。其實我是適得其分，說給你聽！

今年夏天，妹妹任職的公司派她來史丹福進修 SEP——Stanford Executive Program（她是比我有作為），也就是說在六週內把ＭＢＡ唸出來（幸好我沒那麼有出息！），四十個國家來了一百五十位世界精英級的高級主管。我因就近居住，週末把她接出來透透氣，因為壓力大得可怕。早上六點半就得起床做體操，白天上課，晚上小組討論，常常搞到深夜，然後還得做功課，預習第二天課程，弄到起更才睡，第二天再來一遍。

而我呢？為了進出史丹福方便，她為我辦了一張貴賓卡，沒事我就進去大吃大喝，順便瞧瞧大老板們都是吃些什麼飯？到了星期五那更是精彩，每週都有不同的派對：非洲、澳洲、歐洲、美洲、亞洲，不同風味的食物、服裝、擺設、表演，真的是大開眼界。當然到了亞洲派對時，妹妹要我幫忙助陣，我也毫不遜色的把我的功夫團隊帶往現場，大大發揚了一番中國文化。因為常去白吃白喝，很多人認識了我，也熟絡起來。他們都說我的日子比他們好過，那還用說？

到了最後一週，都有選修課程，妹妹選的是雞蛋碰石頭。好！我會為你禱告。出發的前一天早上，她發了一封簡訊來問我要不要去？我說去看？還是去跳？她說去跳。我再問她跳什麼？她回「Air Jump」（後來發現此人英文有問題，香港來的人，英文和我們常常不同），所以我以為她說的是Bungy Jump，嚇得我立即從床上跳起來，告訴她給我一天的時間考慮。下午去學校找她，和她的同學們聊起才知道是Skydiving！

第二天在學校的住所前集合，一共十一個人參加，分乘三輛車開往Byron機場。車程大約一個半小時，位於舊金山灣區的東北方，有一大片的發電風車Windmill。我座車上的人連我四位，開車的是從中東來的超級大亨，伊朗或是阿拉伯人之類，家中有油田、鑽石工廠和一堆說不完的企業。後座坐我旁邊的是位西班牙來的主管，和藹可親，興奮不已。他們兩位青少年期都在英國的住宿學校Boarding School唸書，所以英語流利。我問他們是否唸的是哈利波特的學校？（本人對英國住宿學校了解只有這麼多，不然沒話講）他們哈哈大笑說：「那就好囉！我們只要把神奇掃帚拿出來飛就是了，不用跳啦！」其實我知道大家心裡都很緊張。前座的一位是俄羅斯來的小伙子，認真負責的用兩個GPS同步發聲找路。因為有人不相信Tom Tom，又有人不相信Google Map，做老板大概都是這樣！

到了機場，走入一個像是大倉庫的建築，滿地都是一條條的降落傘，全都是身材壯碩，皮膚黝黑的帥哥壯女在摺傘收包，要不就是擦血驗傷。見到我們一團人走近，便聽見他們說：「Hum, tourists!」好啦！我們一個個白白胖胖，營養過剩的樣子，怎麼和他們比？接著就是簽到註冊，不如說是簽生死狀，一簽簽了二、三十處，總之就是發生了任何事他們都不負責任就對啦，自找的！

史丹福寶貝這些貴賓，所以準備了三車的食物、飲料，大家把它們搬到倉庫後的的野餐桌上，一邊等，一邊大吃大喝，以便消減心中的緊張、害怕和不安。我則是一口也不敢吃，我有暈機的毛病，深怕會吐。剛要坐下，便聽到大喇叭叫我的名字，首當其衝，我第一個上機。先把我送到更衣室，換上飛行裝，再來個五花大綁，全身都是扣袢和皮帶。一邊為我穿上，一邊給我上課，解釋什麼時候該做什麼：開手，放手，抓住什麼，身體何時往上仰，兩腳何時往上提……等等等。開什麼玩笑？我緊張到啥也聽不見。綁得愈緊，我愈想上廁所。

飛機每二十分鐘出發一次，每輛飛機載四位跳傘客，加上四位教練和跳傘客綁在一起。另外若有加價買照片及錄影者，更有一位專業攝影師在你前面先跳。因為機會難得，大家都買了攝影的 Package，除了我和我妹，中國人比較省！飛行將會飛至上空一三〇〇〇呎，跳下速度是時速一三〇英哩。我對速度有概念因為每天開車，但對高度沒概念，便問他們大約幾層樓高？中東來的大佬大叫說，「比全世界最高的大樓還要高十倍，ＯＫ？」好啦！大家都那麼緊張！

我的教練全身都是刺青，已有十七年的經驗，跳的傘比吃的飯還多。所以我問的問題他一概不回答，就連問他落地時我該做什麼，他都回答，到時再說。妹妹和我同機，她對我們的教練說，「我們是姐妹，兩把傘至少有一把要開，不然我媽會很不高興的！」

不多久飛行高度到了，教練就把我往機艙門口推。看到地下的景物，高到不敢想像，只有在電影《〇〇七》裡面看過這種鏡頭。後悔，尖叫加上尿急，拚命的退步才發現我雙腳根本是騰空，硬是把我揪上，真的是打鴨子上架。眼看就要暈倒，想起有人對我說過，暈倒是因為缺氧，千萬不要閉住吸吸，只要開口拚命的尖叫。說時遲那時快，耳邊響著《〇〇七》的音樂，我就這麼的掉了出去。（指示上說的很清楚，絕不可以「跳」出去，因為有可能打到機尾）

重力加速度，和地面愈來愈接近，我死命的尖叫。教練左手腕有個手錶相機（他用來賺外快的，後來照片用天價賣給我），一直叫我對相機笑，我那笑得出來。不一會，我漂亮的髮飾飛跑了，呀！台灣買的！接著我的護鏡 Goggle 也飛了，我的眼皮啪噠啪噠打個不停，閉也閉不了，眼淚都打出來了。於是教練馬上開傘，然後問我一切可好，要我看妹妹在下面。我問他為什麼我先跳，妹妹卻先到？他說因為我的護鏡飛了，他只有預先開傘。在高空他把方向環交給我掌控，媽呀！那玩意可真重，拉都拉不動，難怪這些跳傘的都是肌肉男。要是你我單獨上陣，肯定是任君飛翔，不知去向！

一旦傘打開，其實好像靜止一樣，沒有降落的感覺，四周美麗如畫，像是Google Earth 彩色版。我由於提早開傘，所以翱翔過久，開始暈傘想吐。降落時心中一直在嘀咕四隻腳如何同時落地？不要跌個斷手斷腳，功虧一簣。這時教練說話了，要我把雙腳弓起來，愈高愈好，他負責落地，我就這麼一屁股坐在地上，頭暈目眩，久久無法起身。

接著就是心情一直無法平復，他們說是身體受到驚嚇，要幾小時候才能恢復。我心想，打仗時的傘兵隊是怎麼打的？落地後馬上拿起機槍就要殺敵，還得夜間做戰，根本不知道是否降落到平地？我坐在這頭暈目眩，要吐不吐，多少人來安慰我都不行。

一個個的大家都回來了，興奮的看著錄影，回來的都驕傲的說太棒了，尚未上機的都走來走去一語不發，難掩緊張的心情。全體回倉後，每人領到一份跳機證書，人人都說回去要用金框框起來，接著開香檳慶祝，一個都不少的班師回營！

Skydiving不是每個人都可以做或是願意做，要做好心理建設，因為心理要抗拒生理，真的是想去才去得成。安全其實真的是很安全，跳傘教練經驗豐富，也照顧的無微不至，但害怕是真害怕，到現在寫稿時還心有餘悸。除非你是《〇〇七》靠這吃飯的，不然一生一次，要給它跳一下嗎？

美麗大作戰

今年春季返台，在飛機座位旁坐著一位三十來歲的小姐，看似純樸且熱情，主動和我聊天。她問我回臺灣多久？以及做些什麼？再告訴我，她是回臺灣美容。我說她長的很好，那裡需要美容？她說，她要開刀把一根肋骨內的軟骨拿出，再把鼻子掀開，把軟骨加在鼻樑上，這樣鼻子看起來比較挺。

我聽了一陣子昏眩，但是面部不敢做出太噁心的表情，只是淡定的問她會不會痛？（真是廢話！）和花費是否很大？以及復元期有多久？最後才問她是誰想出的點子，要她這麼做？

她從她手機內秀了我一大堆美女的照片，看得我眼花瞭亂，為什麼覺得長的都一樣？另外又給我看了建議她做美容女友的照片，大大的眼睛、高高的鼻子、尖尖的下巴，像個東洋娃娃，真的又可愛又漂亮。她如數家珍般的告訴我，她朋友都做了些什麼，就連瞳孔都放大了（因為眼睛也割大了）。聽得我像劉姥姥逛大觀園似的，真的有點跟不上時代。

她又說她朋友介紹的是位權威醫生，她需要花多少錢，另外恢復期可能要半年以上才會自然好看。唯一的缺點就是，做完一樣可能又要做另一樣，因為會不太搭配，她的朋友就是這樣，愈做愈多。

回到臺灣看到電視新聞，韓國選美，二十幾位佳麗，個個長的都一樣。又聽說中國大陸有位先生告妻子欺騙，因為生出來的孩子太醜，老婆在婚前做過美容，沒有告訴他，不知道老婆先前長得這麼醜。結果竟然還告成了，我真不知這孩子將來怎麼想？

我相信外表有它的重要性，也確實不是每個人都有機會讓別人發現她（他）真正的內心，但真有到切肋骨的程度嗎？有一位友人，她的能力夠強，但是一直因她的容貌而沒有信心。大學過後幾年，她為自己做了一項美容手術。據她說，從此抬得起頭，信心十足。後來真的是平步青雲，成功的當上了女總裁。

其實我對美容並不反對，尤其是人老了，地心引力不停的把老皮往下拉。上眼皮壓得眼睛看不見，兩個眼袋比水煙袋兒還大。鼻旁嘴上堆在那兒的「八」法令紋，永遠趕不走，和動不動就轉給你看的雞脖子。更別提那些春風吹又生的皺紋，和天生就抱歉的塌鼻子。如果沒有這些故意與我作對，而又私訂終身的缺陷多好，那我肯定是絕世美女，每天光照鏡子就夠了……。

這原本就是一個不完美的世界，我真是見過人愈醜愈和善，因為她要彌補她的不足。有沒有見過超級大美女，跩的你想揍她？人的容顏終究是要老化，沒有人可以永保青春。我自小就是滿臉雀斑，生了孩子之後說是妊娠斑，老了之後叫老人斑。雷射醫生說可以把它們統統打掉，但是以後不可以曬太陽。我超愛爬山、打球、騎腳踏車一類的戶外運動，想想為此要改變我的生活、生命，打死我也不幹。

愛美是人的天性，個個都希望延續青春，長生不老。做與不做，做多做少，都是見仁見智。但願這是個色彩繽紛的世界，而不是每個人都長的一模一樣，只有聲音不同。

呆呆打球

十幾年前曾經正正式式的學過打小白球，上課、繳學費，和老師去練習場，以及同球友也打了灣區的幾個小球場。全套的球具、手套、鞋子和拖拉車都一應俱全。但當時年輕，覺得打高爾夫球浪費時間，運動量又不大，還不如打網球、排球。等老了跑不動跳不動再來打高爾夫球，於是便將全套球具束諸高閣。近來朋友成立了高爾夫球隊，號稱呆呆隊，帶動球友鼓勵打小白球。想想八成是大家都年紀不小了，於是我也加入一角。

無奈後知後覺，加入時呆呆隊已受訓完畢，就要立即上場，我十幾年未揮桿就這麼的開始，把我的老家當一一翻出來就上場了。先說高爾夫球鞋，當初買的還是名牌Nike的，鞋底都是釘子，打時特穩！我在停車場換了鞋，就拖著球具往前走，唏哩嘩啦，走幾步就掉幾個釘子，再走幾步又掉幾個釘子，走到俱樂部門口覺得自己怎麼矮了一截？看看鞋底，釘子全沒了，回頭一看，一路滿地的釘子。我大罵一聲，這Nike的鞋子怎麼這麼爛？當然爛囉！十幾年沒穿過，馬上回頭開始一路低頭撿釘子，真是不好意思！朋友看到我說，你太過時了吧！早就沒人穿這種釘鞋打球了，因為太傷草地！

好了，夠糗！再來！朋友檢視我的球（當然也是放在袋內十幾年沒動過，還有一瓶，不，半瓶礦泉水也在裡面），他說：你為什麼用這麼好的球？這一個球要四塊美金，你用九毛九的就夠了！什麼？球還分好壞？貴的球就飛得比較遠嗎？我到今天也不明白。

接著當然是要打打不到，你要它往東，它偏往西，這些都是正常。如果遇到水溝、小湖什麼的，吸水力特強，肯定都往水裡飛。朋友每次都得為我們在水邊打撈，通常都是掉一個，撈到兩個，都有賺頭。他說花了十元美金買了這個網子，是最划算的投資。

十幾年前只打過小球場，都是九個洞，一加入呆呆隊打，就打十八個洞；到第十洞時，飢腸轆轆，又渴又餓，真不是人玩的。後來學聰明了，都會自備乾糧。還有開球車也是一門學問，有時遇到特別陡的山坡，開球車還差點翻車。

朋友看看我過時的球具，告訴我，工欲善其事，必先利其器，該是我換一套新球具的時候了。現在球具做得又輕又好打，這樣才會進步！我乖乖的聽話，全部換新球具，但是覺得還得從練習場重新開始，畢竟十幾年沒打，又等於是個新手！反正現在打網球跑不動，打排球跳不高，就利用現在好好重新學習。

要學，就得多打。一位球友組織球隊打 League，球場在 NASA，也就是美國太空總署，因為價錢便宜我便加入。NASA 是軍事重地，經過友人保薦，我賊頭賊腦的照了張相，拿到通行證，順利進入。沒想到這球場不是人打的，是太空人打的！平常飛機場風已經是夠大了，這裡有各式各樣的的戰鬥機、直升機、超大的運輸機，每每臨空而過，不止是風大，而且還震耳欲聾、劃破雲霄。另外球場又大又長，別的球場算五桿進洞，這裡四桿就得進洞，真的是打功夫球！除此之外，沒事還會踩到地雷（鴨屎），回去總是要把鞋底好好的刷乾淨，免得走到哪裡都臭臭的。

高爾夫好玩就在什麼都無法預知，打得到、打不到，真的要看造化。第一次和教練上場，教練就說：「你和這球有仇嗎？今天是來報仇的嗎？」後來才知道高爾夫球不需用力打，輕輕打、專心打、瞄準打才重要。每次上場總和高手討教，這人說這樣、那人說那樣。一個揮桿要記得那麼多樣，本來還自己編了一套口訣，發球時喃喃自語，唸個沒完，從頭到腳、從裡到外。學愈多就唸愈長，球友等到都不耐煩。教練說，唸什麼都沒用，打到球才最重要！

據說在泰國打高爾夫球，一人可以有四個桿弟，打一場球二十人浩浩蕩蕩一起走，像似大軍開戰，好不威風，不知何時可以一試？高爾夫球是個長久的學習，有人說開始學球時，十年都不敢碰木桿。我都不好意思說，我第一套球具，擁有了二十年，木桿是全新的，還沒碰到過球就送人了。反正現在跑不動、跳不高，慢慢打，總有一天打到你！

陣頭

朋友寄來一部電影，名叫《陣頭》。第一次聽到這名詞時，完全不懂是什麼意思？一口氣看完後，覺得精彩絕倫，令我思念台灣的鄉土、人情、憨厚以及堅毅不拔的精神。

小時候在台灣總聽到乩童這回事，又信又不信。傳言者都以神明上身來比喻，聽了又怕又好奇，也弄不明白，為什麼有人會不由自主的舞蹈，和做一些平常人做不到的事？

學鼓期間，老師說練一首歌，其中一半的時間是聽那首歌。如果打五十遍鼓便得聽五十遍歌，因為聽與打是相同重要。於是受教，每每練一首歌，我便開車聽、洗澡聽、運動聽、做飯聽……聽到不錯過任何一個鼓聲，聽到每個音符進入了體內的細胞，聽到每一聲樂器對這首歌的詮釋、洗禮，聽到音樂有如由頭上澆下，澆灌進入了身上每一寸的毛細孔，感受到它對心靈的震撼，聽到隨樂晃動、起舞。這會兒終於明白，什麼叫做「上身」。回頭問老師，打鼓是不是要上身？他說，對啦！上了身，你在鼓裡，鼓在你裡，人鼓合一，你便可以盡情發揮，將那首曲子掌控在雙手之中，再沒有阻擋之路，每次也可用不同的方式打。

這次在教會初試啼聲，用搖滾樂打聖樂。幸好有足夠的時間準備，做功課，到後來真是覺得樂曲上身，不但感到聖靈充滿，也打出與原曲不同之處，深深感受到搖滾聖樂呈現出來的快樂。這對我們傳統式的教會是一種新的嚐試，台上的人興奮，台下的人新鮮。希望跳躍的音符也能讓大家「上身」感受到聖靈對我們的歡呼，溶入聖樂，溶入主愛。正如牧師所說：這不光是弟兄姐妹在音樂上的才能，而是他們都表現出多麼愛主的心。

下臺之後，很擔心會堂的長者對我們新的樂曲不適應，沒想到來為我們讚揚、打氣的大多是長者。他們謝謝樂團為大堂帶來這麼多的朝氣，還說下次要坐到更前面。而且馬上又有生力軍加入我們的行列，看樣子這佳音樂團是走得下去！

Garage Sale

我每兩年都要來一次 Garage Sale，一來孩子們喜歡，還可以賺錢，二來把家裡清一清，有什麼東西兩年都不會用，衣服兩年都不去穿，就該請走了，不留廢物。請到哪兒呢？

第一站自然是在自家車庫擺開，五毛一塊的賣，喜歡的可高價一點，但也不能太高，畢竟都是來檢便宜貨的。不喜歡的，買一送一的趕快請走。如果賣不掉的，便去第二站：不能送人，便是捐掉。這不但可以報稅，別人也可以用。家中的中文書、中文CD以及DVD，大都捐到此地的中文圖書館，獨樂樂不如眾樂樂，別人也可以享受我喜歡的書和電影。矽谷寸土寸金，留著一件無用的東西在家就是浪費錢。而且現在上網什麼都有，哪需要留個三十集、六十集的連續劇在家裡？更何況新劇源源不斷，死都看不完。所有的 Music CD 也都下載入智慧型手機，隨時可聽。並且現在 Pandora 上面什麼都聽得到，而且免費，YouTube、Netflix 讓生活變得容易又簡單。家裡東西少了，也覺得輕鬆，灰都少擦了許多。

有時多擁有一樣東西就是多添加一份麻煩，多增加一樣負擔，多佔用一個位子。世界上再好的東西一樣也帶不走，不如讓給需要用的人，人要有很大的定力才能不買喜歡的東西。記得有一次我賣一件純呢的套裝，只穿過一兩次，因為覺得這裡氣候不適合，只賣五元美金，希望能遇到有緣人。結果來了一對墨西哥情侶，打扮光鮮，看樣子是認識沒多久或初次約會。女的看上了這一組呢套裝，我心想這黃色可能不太適合她。可是她就是喜歡，比上比下，男的對她讚不絕口，說她多美多美，穿上了不知道有多漂亮。她滿心歡喜的把衣服交給我打包，男的則十分大方的一毛都不殺價，為她付錢買了下來，一副大男人照顧心愛女人的姿態，兩人開開心心的去逛下一家的 Garage Sale。這事已過多年，我依然清楚記得他們的表情神態，幸福是不需要很貴的，各種人都有各種人的快樂。

自家的垃圾可能是別人的財寶，要不要也來一次 Garage Sale？

有地可掃

這一生中，我曾經擁有過兩棟房子，或是說這兩棟房子曾擁有過我。一棟在紐約，一棟在矽谷。有房子的時候，把房子佈置的美輪美奐，十足的屋奴。第一棟全由平地起，全新的房子；第二棟全部重新裝修，連院子都重新設計，所以學到不少。

離婚之後，失去了美麗的房子及花園，住入公寓。為了女兒的學校，孟母三遷，女兒唸到哪，我就搬到哪。公寓經理服務周到，任何東西壞了，一通電話，到府修理，我使用釘搥及螺絲起子的技術也愈來愈差。

今年步入空巢，小女兒也進了大學，我為自己將來退休打算，在老人中心後面找了一棟小房子，以後就算無法開車，爬也爬得去老人中心。無殼蝸牛做了十年，總算有個小窩，自己喜歡種花種草，所以堅持要找個有院子的房子。小窩小，院子也小小的，但也可種種東西。第一天搬進來，買了一隻掃帚，十年沒掃院子了，掃起來感觸良多。

以前住的房子大、院子大，掃都掃不完。但都掃得甘之如飴，自己的房子，不是嗎？黎明即起，灑掃庭院，就連少林寺的和尚也不例外，這是好事。公寓全是地毯，沒有院子，無地可掃，已經快忘了地是怎麼掃的？今天掃地，覺得有地可掃，是有福之人。從此天天掃地，前掃後掃，有地之人，有地可掃，有殼蝸牛，福恩滿溢。

大屋與小屋

轉眼已搬進這個小屋一年了。要預備退休的朋友，有些 downsize 搬到小一點的房子，多餘的錢去世界旅遊；也有人住著大房子不賣，覺得房價太貴，賣了划不來。孩子走了，剩下兩老，院子做不動讓它荒廢；游泳池沒有人游，有的填平；有的把它長年蓋著，眼不見為淨；也有人把水放空，留著一個大洞練輕功。

大房子住慣了，初進小屋時，彆彆扭扭，好像被綁住張不開，呼吸不順暢，連空氣都覺得不夠用。搬進來時，偌大的傢俱，門要拆掉才搬得進大傢俱。鄰居說，「嗯，大房子搬來的吧？」櫃子裡面衣服多的不得了，搬家公司的工人，問我是不是唱戲的？中秋節唐人街上的野台戲，唱的是哪一齣？

由大屋搬入小屋時，要擺脫的東西，似乎比現在擁有的還要多。那些一次次旅遊買來的精品、手玩，連擺設的地方都沒有。擺也擺不出，留也留不住，放在車庫，封了箱，精品變成了永遠不見天日的廢物。要還是不要？擁有還是丟去？我想應該是送了、捐了，放在別人的精品櫃中，總比留在自己車庫的紙箱裡好？義大利、日本、世界各國買來的漂亮衣服，沒有機會穿，衣櫃又擠不進去。掛衣服的那條棍子，不知已經掉下來多少次，牆上的洞東補西補，釘了又釘，掛回棍子就是捨不得丟掉穿不了的衣服。

家裡有位親戚，世界各地擁有許多房產，我問他老了怎麼辦？如何處置各處的房子？住也住不了這麼多？修房補屋，有時還得趕房客。光是來回飛機票，法律訴訟，不只是增加開銷？還是徒增煩惱？

大屋小屋，個人適得其所，舒適就好。有人一輩子沒丟過一樣東西。到了他的大屋，活像個垃圾場，一輩子的收集，都在眼前，卻不知該如何是好。有人告訴我，空巢之後的世界，是在外面，問我這輩子修房子還沒修夠嗎？外面的陽光，和自己的精力，才是快樂健康的泉源。有捨才有得，捨了大房子，到附近的公園走走，享受我一生付稅的小橋、流水、花草，省下了付園丁和清池子的費用。告訴朋友我家住在圓明園，園子大到看不見邊，池塘鴨子游來游去。除草、修剪、清池塘，都不關我的事，我只負責享受。

鳳還巢

十幾年前領養的貓咪，幾經波折，分開了十多年，這個星期又回到我的身邊。十二年前要領養牠的是大女兒，所以我也沒有學習著如何照顧牠，大部分都是交給女兒來管。這回家中只有我一個人，所以一切事情我都要學習：如何餵食、如何照顧貓咪、如何幫牠打掃清潔等等。

剛搬進來的頭兩天，牠在我的床底下躲了一天一夜，不吃、不喝、不拉。因為牠早已經不記得我，也不知道這是在哪裡。慢慢的我用貓食和飲水，一步一步的把牠勾引出來。出來之後牠倉皇無助，對我也頗有敵意，東張西望的看著這個新的家，任何一個突如其來的聲音，都會嚇得牠馬上躲到暗處。其實當時我看在眼裡，心想人都會如此，何況是貓呢？也真是難為牠了！

現在一星期過後，牠也慢慢的適應我的家。每天早上起來時、晚上睡覺前、我出門回家的時候，都會來和我喵嗚幾聲，好像來跟我打個招呼聊聊天，看今天到底都做了些什麼事？日子過得怎麼樣？而且也要我摸摸牠，和牠說幾句話牠才過癮。看得出來就是一個貓咪，也需要有人注意到牠，更何況人呢？

貓咪回來的這時候正是我的空巢期，家裡空無一人時，真的是一點聲音都沒有。現在有了牠，好像有人關心我，進進出出都有人來探望、問候。貓咪離開我這麼多年，為什麼現在又在我的生命中出現呢？是我們的緣分未盡，要繼續前緣？還是上天賜予，要我一個人居住不會太寂寞？

我問朋友，貓咪到底可以活多少年？每個人說的都不一樣，大概就是十幾年。沒有牠時不想牠，現在有了牠又怕牠會走。能在一起要好好珍惜，這十多年來沒有養牠，就算是我欠牠的，現在就是還債的時候。牠回來陪我，我們到底是誰欠誰呢？

幾天相處下來，也慢慢知道貓咪的喜好。牠最喜歡我坐在書桌前的大皮椅子上打電腦，因為這時的我，坐的篤定，動也不動。牠可在我前後磨蹭，要嘛就往我腿上一坐，舒服得很。貓咪初來時已一、二歲，分別了將近十二年，不知道還有多少好歲月？我們已錯過了一大半，牠既然喜歡我坐在大皮椅子上做事，以後我就常常多坐那張椅子，好好珍惜這遲來的時光。

契合與接納

空巢之後，日子過得分外瀟灑，想去哪兒就去哪兒，關了門就走人。不用每天回家做晚飯，更不用頻頻檢視冰箱內還有多少口糧，走到哪兒吃到哪兒。一人吃飽，全家解決。如去如來，來去自如。像天空的鳥兒，像九天的仙女。

自從答應了女兒為她養貓，一切天地變色。我愛旅遊，曾經和女兒說好，如果我出門，她便要接管。沒想到女兒在城內找到工作，和室友同住，一來不能養寵物，二來往返甚遠，她就這麼撒手不管。真是千金難買早知道，人生唯一不變的就是無常！如今這隻貓咪是我一個人的責任了。

門還是得出，請了朋友每隔幾日來為我照料貓咪。可是我出門多久，貓咪就多久沒有出現，東躲西藏，朋友也只能來換水、加食以及清沙盤。我人在天邊，心中掛念，心想貓咪八成生氣了。等到我回到家開門的那一剎那，貓咪衝下樓來，飛奔到我面前大聲喵嗚，不停打轉，好像說：我可想死你啦！

這可怎麼辦？動物和人不同，你不能告訴牠你要走多久？去哪裡？牠就在那癡癡地等，我親眼見到朋友家一隻活蹦亂跳活潑的狗，因為主人頻頻出差，而變得病懨懨的長年趴在地上，了無生氣，而且還要看心理醫生。想想自己，每日早出晚歸，週末更忙。一出國，更是幾週不返家，怎麼辦？

昨日與朋友一聊，她說她認識一個人家，愛貓如痴，家有五隻貓，人都養不活也要先養貓。我不如把貓咪送去，貓有伴，他們又有愛心。這一下我的臉色大變，心中忐忑不安。我告訴朋友：這隻貓，膽子小可是脾氣大，動不動就和窗外的其他貓咪雞貓子喊叫，怕是不合群，無法和其他的貓相處。朋友說，妳是怎麼了？幫妳找到方法，妳好像又捨不得？我又說了受人之託忠人之事的一堆理由……。

契合與接納？我和貓咪生活上，真是不契合。我愛乾淨，現在我的沙發、椅子、床，都是牠的毛。每天餵自己前得先餵牠，每天掃地都在掃牠留在地上的沙。我只要一放音樂，它唱的比誰都大聲，叫個不停，什麼音樂都聽不到。最要命的是，牠還要和我睡，所以每晚都要玩上一場人貓捉迷藏的大戲。當初買這房子時，主臥室沒有廁所，想想這算什麼，反正我一個人，出去上就是了。沒想到現在成了最大問題，貓咪每夜守株待兔，我要是半夜要上廁所，門一開，牠衝了進來，又得加碼午夜場的大戲，所以每每清晨我憋尿憋到不行。最近又來了新招，就是起床號，比鬧鐘還準時，比公雞還大聲，不叫到你開門不罷休。

貓咪有這麼多的缺點，與我的生活這麼不契合，可是我還是無法送牠走。每天晚上我回來，不管多晚，牠都來迎接我。我不太看電視，但因為牠喜歡趴在我身邊，暖暖的，我總要為了牠多看一兩個節目。全新的沙發被牠的毛氈著，爪子抓著，我也無所謂。知道牠的臭脾氣和其他的貓會合不來，我也護著牠，這是不是接納？

人與人之間常聽到與某人個性不合，這世界上有百分之百合的嗎？是否不是契合而是接納的問題？甜蜜的負擔，不也甘之如飴！

奮戰駭客

今年春天回台灣，陪同媽咪旅遊度假。這一趟旅行讓我最擔心的就是我那隻貓咪，幸好一如及時解救幫忙餵貓，才能讓這次旅行走得安心。昨日想想該是和一如通個氣的時候，看看一切如何？於是寫了一則簡短的電郵問情況，一如十分熱心，洋洋灑灑的寫了好幾頁，報導有如親臨現場。就這麼電郵一來一往，怎麼一如開始向我要錢，說有急用？而且英文用字錯誤百出，不像先前的大作，文筆流暢。於是我檢視她的電郵地址，發現多了一個字母。我立即打電話給她，可是當時是美國時間早晨六點，她沒接電話。我便把那封破英文要錢的電郵重新設立轉寄正確的地址給她，問說這是不是她？過了一個多小時，一如十分聰明，發簡訊給我，告知我的帳戶已被駭客入侵，因為她也收到一封我向她要錢的電郵。駭客很厲害，他看著我們的往來電郵，知道我在旅行，她為我照顧貓咪，所以來去的電郵也都從這些細節打招呼，開門關門，添食加水，感恩幫忙，比我還有禮貌。

過了大約半小時，看我倆都沒有寄錢的意思，而且已通上了話，就在我的帳戶內做了許多手腳（現在回想，那就是最重要的半小時，我應立即更改密碼）。我連續收到幾封 Yahoo 寄來的會員更改記錄：

1. 密碼已改變
2. 帳戶內新加了兩個新的連絡電郵地址

3. 其中一個新的電郵地址成為我的帳戶內的主要地址（Primary Email address）

4. 改變私人祕密問卷密碼提示

5. 刪除行動電話號碼連線

6. 刪除第二順位電郵地址（Secondary email address）

這次出門沒有帶著電腦，一來太重，二來iPhone、iPad 足以解決我每日問題。可是這麼一搞，手機號碼由帳戶中刪除，不但寄與收成了問題，連 Server 也上不了，因為用的是同樣的路線。這麼一連串的改變，真的是教我心灰意冷，想放棄這個帳戶。可是用了這麼多年的帳戶，多少家當都存檔在內。尤其擔心的就是我的文章，多年的心血，時空轉換，再也寫不出當時的心情。一如建議打電話給 Yahoo 會員服務，我這國際長途電話hold了二、三十分鐘也無人接聽，再接再厲的打，也變成了目前不能服務的語音留言。

如此一來，真的愈想愈不甘心，人在異地，呼天喚地也沒人理。靠人不如靠己，我先想辦法由 Google 進入，用Google 做郵件 Server。再立即郵寄可找得到的親人朋友Gmail 的地址，然後再想辦法找到所有寫過的文章轉入 Gmail。就如此放棄嗎？想想我這可怎麼睡得著？於是決定與駭客奮戰，不停的更換密碼幾次，重設密碼選項，再加安全記印。我深更半夜一人坐在媽咪家的客廳，戴上我十幾年前電腦工程師的帽子，加班奮戰，抱著永不放棄的精神，五小時後，總算可以重新登入，把他的電郵地址除去，加回我的手機，重設手機內的電郵 Server 密碼，總算一切回歸正常，把我帳戶硬是搶了回來。

其實我這已不是第一次被駭，上次更慘，戰了整整二天。三個月的電郵沒了不說，連絡人也全毀，簡直重新開始。上回的駭客發送電郵給我所有的連絡人，說我在西班牙旅行，遺失皮夾，請寄五千美元給我。我一天之內收到五十幾通電話，家人擔心，朋友緊張。駭客也更改了我帳戶內的寄出郵電地址，所以我任何寄出的郵件只有駭客收到。而這一次駭客則是兩邊要錢！

一切穩定後告知一如，她說我真厲害，幾小時內就扳回一城，要我回美後與大家經驗分享，我告知她經過兩次的洗禮，我可以開講座啦！

修好之後，躺在床上已是清晨三點，頗有當年寫程式總算寫出來的心情。給自己英勇奮戰拍拍肩膀，至少當年在電腦機房日以繼夜的訓練沒有白費。我真是弄不懂駭客的心態？這樣的害人不怕下地獄？我呢？以後也不敢再懶惰，要勤於更換密碼。

大花瓶的糾結

早上出門去上插花課，匆匆忙忙地打破了我心愛的大花瓶。這一切都是我的錯，家裡太小，東擠西壓，再加上心情太匆忙，隨手拿起美麗、漂亮的花瓶，手一滑，就把底摔破了。這已經是我打破的第二個大花瓶了，上一個花瓶比這個更大，心痛不已，怎麼一點教訓都沒有呢？

到了上課的教室告訴同學，今天早上打破了大花瓶，每一個人都為我難過，就好像花瓶是她家的一樣。其實自己仔細想想，已經很久沒有用過這兩個大花瓶。因為 downsize 從大房子換成小房子，這個小房子根本沒有地方展示這麼大的花瓶。大花瓶是為大房子買的，因為空間大，插出來的花氣勢磅礴。可是現在一旦換到這個小屋，就不應該再保留這個大花瓶。所以不是我的，根本就不該屬於我，自然留不住，也就打破了。

心中難過也就應該由它去，人生當中有許多不屬於自己的就不應該硬留在身邊，或許失去了還可以成就更多。所謂的留來留去留成愁，都沒有什麼好下場。記得很小的時候坐在媽咪身邊看一部老電影，至今印象都十分深刻：電影是娜妲麗華 Natalie Wood 和華倫比提 Warren Beatty主演，片名叫做「天涯何處無芳草」。都是帥哥美女，因為當時年紀實在太小，所以只有片段的記憶，但那幾段的記憶深刻的打在我的心中，一直不能忘記。那時候就在想將來長大談戀愛是會這麼可怕嗎？片中這位帥哥不知道為了什麼原因不能和女主角在一起，女主角十分痛苦，痛苦到把自己的頭髮都剪短，躺在浴缸裡面要把自己淹死。她的媽媽在旁邊心痛的不得了，但是怎麼樣勸都沒有用。電影到了最後，女孩鼓起勇氣去找男孩，但他已經娶妻，妻子是一個十分不起眼、純樸的村婦，遠遠不及這位漂亮的女孩。當時小小的我就一直在問，為什麼會是這樣？不僅為了將來長大未知的戀愛感覺到恐懼。現在我已經是個超齡戀愛者，深深可以感受到當時女孩的心情，人生得不著想擁有的，永遠都是心內的一大掙扎。越想要，越是得不到，不想要的反而越是糾纏。不知道這是墨菲定律 Murphy's Law？還是上帝老是在跟我們開玩笑？

在我很小的時候媽咪就教導我，一定要和一個喜歡我比較多的伴侶在一起，這樣會比較幸福。可是我老覺得自己喜歡比較重要，人生苦短，何必味如嚼蠟？即使得不著，喜怒哀樂也像是過了一段精彩人生。不聽老人言，吃虧在眼前，真是不知道跌了多少跤，鼻青臉腫仍不知悔改。雖不至於到剃頭的那一步，但也不知道多少次長髮為君剪，發誓要痛改前非。

花園種下去的花，明明是和其他的花一樣的細心照料，偏偏有幾朵就是活不成，到底是哪裡不適合？有些感情的不捨就應該趕快切斷，快刀斬亂麻，免得糾纏在心，弄得自己心情痛苦不堪，別人也難過。片中的女主角最後勇敢的走出來，面對著她以往心儀的男士侃侃而談，不是她的就不是她的，人生還是得往前行。冥冥中的安排沒有他在，對她的人生可能是件好事。就如這個大花瓶，早就不適合在我這個小居室，我就應該把它出讓給有大房子的插花朋友。因為心中的戀戀不捨，反而打破了花瓶，花瓶沒有了我，我也沒有花瓶。不想念這個漂亮的花瓶是假的，需要放下才是真的。

動了真情就是輸

最近看了一場國產電影，俊男美女演出，心中不服要為感情種下總總圈套，劇中男女主角有句對話：「你知道的，動了真情就是輸！」對於我來說，這是句新詞。因為從小的教育就是：「精誠所至，金石為開」。要不就是心誠則靈。當然電影中的劇情，男女都各盡其所，各得所需。設下的圈套都一一中獎，沒有料到的是自己也動了真情。「情不知所起，一往而深」，所以最後大家都贏了面子，輸了裡子，只能在家裡痛哭流涕。

世間大部分的事情都是一分耕耘一分收穫，唯獨感情的事情除外。不按牌理出牌，有時無心插柳柳成蔭，有時努力經營卻有意外發生。一種米養百樣人，千變萬化，九種不同的性格，十二種不同的生肖，十二種不同星座，如果再加上紫微斗數、生辰八字、血型，那真是各式各樣千百種的組合。另外還有天時、地利、人和的各種巧遇，永遠都是計劃趕不上變化。

有一本書說男人從火星來，女人從土星來，而他們在地球相遇，這更是把人類變成來自不同星球的外星人。有人擁有聰明智慧，可惜EQ零蛋，遇到男女問題完全當機。十年修得同船渡，百年修得共枕眠；想想看要找個伴真是不容易。女人通常比較感性，男人大部分喜歡講理。婚姻顧問不斷強調，家裡是個講情的地方，不是講理的地方，這話有多少人做得到呢？再加上遇到一個不擅於溝通，有話不講，那就麻煩更大，自己以為沒事，實際上暗藏玄機，早就有事，可是完全不知情。或者是說者無心，聽者有意，那事情就更大條了。

報章雜誌幾乎每天都有人因愛殉情，也有為愛而情殺，都是得不著、捨不掉、放不下。過情關就有如進入勒戒所，總要排毒一陣子才能變成正常人。遇到落花有意流水無情，或者英雄難過美人關，下場無不十分淒慘。愛情是個奢侈品，總得把柴米油鹽醬醋茶等民生問題解決之後，才能安心談戀愛。見到好友傷心至極也難過，有的就一直如此愁苦下去，有的因面對新生命一步一步的爬出來。有愛情滋潤總是笑容燦爛，失去愛情總是形同枯木，偷情者更是心驚膽顫。

「全世界最遙遠的距離，就是當我站在你的面前，你卻不知道我愛你。」多麼哀怨動人的詞句，不知痴心疼死多少人？單身族群總愛說的一句話，「遇到不好的離了，遇到好的死了。」終究能夠牽手到底的有多少？白頭偕老百年好合，當然絕對是令人羨慕。這世上到底有沒有永遠？幸福就只存在剎那之間？只能把握當下好好享受？所謂的只要曾經擁有，何需天長地久？今晚睡覺明早醒過來，一天過去了，今晚睡覺明早沒醒過來，一輩子過去了。人走茶涼，別人都不知走到哪裡去了，你還在那裡留連忘返。愛人要先學愛自己，奉勸朋友做個快樂的靈魂。情深緣淺，是你的跑不掉，不是你的留不住。人只要活著，都有機會，戲不唱到謝幕，永遠也不知道誰輸誰贏。不論輸贏，才能自由地去愛，放線和收線，千萬要由得了自己。去愛人不會讓人痛苦，佔有的慾望才會讓人輸了自己。

捨得

我一向愛花愛草，雖然沒有所謂的綠手姆指，並不是樣樣種下園內的種子都是隨心所欲，花茂盛，但我也不遺餘力的奮力作業，只要活得成，心中都雀躍不已。而屋內，也喜歡看到活生生的花草，總覺得有了新鮮的花朵在屋內，廳堂就會生氣勃勃，光鮮亮麗。

園中的花愈開愈多，就想剪枝往室內插。插花是一門大學問，不會插，就像滿頭亂髮一樣，反而更破壞廳中的擺設。於是開始拜師學藝。剛開始時根本沒什麼創意，是一枝、一葉、一朵朵的完全複製，長度、角度、高度、深度，完全製造得一模一樣。沒有老師的作品就沒有我的作品，更別說自己剪花來插，想都不敢想，想了就害怕。另外就是捨不得剪葉修枝，總覺得一花一葉，當知來處不易，都是生命，怎麼可以隨便亂剪？

開始時，對插花什麼都不懂，也不知道有什麼流派？上了課才知道上的是傳統派別，教學的是位日本老師，十分嚴格，頗有從前在臺灣上小學的味道。她車到時，全班都得在停車場恭迎，幫忙搬花材，下課時要全班起立、立正、敬禮、「謝謝老師」，才能下課。平日也有值日生，老生帶新生，像我們這種菜鳥新生，只能做掃地的工作，分花分葉則是老生的事情。日本老師規矩頗多，除了上課不可說話，如果她來視察，也要畢恭畢敬的用雙手把花剪交到她手上請她修理。有時她不喜歡你插的花，把你痛罵一頓事小，當場把你的花全都拔光，要你重插，真的是前功盡棄。我曾親眼見到她要同學重新買花來重插，因為同學把花葉剪得太多。我們這幾個坐在前排的菜鳥，她沒一個順眼的，所以我們也不敢對她直視，只要她一近身，我們個個都全身顫抖。

在傳統班上了三年的課之後，由於工作的關係只能上晚上的課，經由好友介紹，到了一位家庭老師的住處繼續學習。去時什麼也沒問，這回學的是新潮派，心想插花就是插花，何流何派有什麼不同，插就是了。這位新老師，和藹可親，只要能專心上課，沒什麼起立、敬禮、雙手奉剪這些俗套。不但如此，還有音樂可聽，有大家同學帶來的零食分享，和樂融融笑聲不斷。有一回我忘了帶劍山，正在那裡緊張嚇到半死，因為如果這種情形發生在我的舊課堂，大概得鞭屍解決。沒想到新老師說，我可以借給你呀！但是一定要記得還哦！哇！就這麼簡單嗎？讓我大大的鬆了一口氣，可是不知好戲在後頭。

我這菜鳥亂飛，由傳統飛到新潮，以為沒事，結果兩個派別的風格完全不同。老師溫柔娓婉，可是派別風格已定，不同的教材就是不同的格調。而傳統派的許多規定到了新潮派全都打破，不再墨守成規。而我過去被日本老師訓練，罵到臭頭的規矩，到了這都不是規矩。剛進新潮班，常常拿著花、帶著剪，不知如何下手，生怕破壞了規矩。其中最恐怖的就是新老師說：「我們今天插自由花！」什麼？如此的惡夢就足足作了一年，經常嚇出一身冷汗。儘管新老師不停的鼓勵我，我仍然覺得身上五花大綁，動彈不得，無法發揮，怕被吊起來打。

插花是永遠的學習，就像功夫、音樂、畫畫及舞蹈一樣，沒完沒了。現在新潮派進入第三年，我由一個捨不得剪葉的學生，學習到 Less is More，剪了枝葉，把不同的身段刻畫出來；像一個髮型師，把滿頭的亂髮，剪出一個型來。有捨才有得，生活上的好多東西也是如此：家中清除了不要的雜物，就得到清爽的空間。捨去了一段不適合的感情，才有機會有新的情緣出現。剪枝後的花可能更茂盛，由傳統派轉入新潮派，開始是痛苦的，但如果不捨舊去新，你怎麼探索到插花中的自由世界。想想看，你有什麼可以捨一捨？而得到一個煥然一新的世界？

失物尋回

科學家相信物質不滅定律，我也不相信在這個世界上有什麼東西會無緣無故的消失，我更聽不得有什麼東西是會「不見了！我明明就擺在這裡，它怎麼會自動消失？」東西沒有固定歸屬，當然會自動消失，再加上來了一點暫時性的失憶症，那更別提了。「沒有掉，只是暫時找不到！」東找西找，漫無目的，慌裡慌張，而且都是要用的時候找不到；找到這個又掉那個，真是沒完沒了！找不到東西，又緊張又氣憤，不知是少根筋，還是生活環節上出了問題？老是掉個不停？我很會找東西，只要有跡可循，不出十之八九，我通常都可以找得到。再不就是假以時日，它一定會再出現，很少有東西逃得了我的法眼。

掉東西是正常的，一則是東西太多，二則是時間不夠用，三則當然是自己太大意、不小心。但是明明是有的東西忽然沒有了，心裡總是很難過。並且當初買來的時候，不是十分需要，便是十分珍貴，當然不希望它會掉。掉東西的時候總是懊惱不已，怪自己不留意，怪自己不夠謹慎，要用的時候偏偏找不到。

最近旅遊回來，很有秩序的把箱子理好，髒衣服洗乾淨、擺好，該放好的放好、該歸位的歸位。買回來的紀念品也一一擺設好，唯獨找不到我們在船上合拍的沙龍照。翻箱倒櫃、東問西問，我就是不甘心這玩意兒會憑空不見，而且又是如此有紀念性的照片，並且價錢也不菲。家就這麼大，能跑到哪去呢？找得我茶不思、飯不想，日夜都在找，就是不相信我找不到。一個星期之後，果然出現，我怕它會刮壞，所以保護得好好的，夾在一本厚厚的書中。失物尋回，雀躍不已，好像完成一件超大的project，想到就開心。

有一回和一位朋友到海邊的小鎮上閒逛，享受夏日的午後，順便帶著相機，取些海景。吃著、逛著，東看看、西瞧瞧，路上行人來往不已。眼看著太陽就要西下，得趕快往海邊走，不要錯過了夕陽美景。就在往回走之際，朋友發現相機的套子掉了。他表面看起來十分鎮靜，但我知道他內心焦急，因為太陽下山，天一黑，就怕是要找也困難。並且要找到相同的配件，再買一套，也是得大費周章。我對找著東西很有一套，一邊想想來時的路是怎麼走的，另一方面也找一些輕鬆的話題和他邊聊邊找。更告訴他一定要放心，因為別人拿了這個東西是沒有用的，一定會放在一個明顯的地方讓他找到。他半信半疑地跟著走，果不其然，就在二十分鐘之後，真的是有人把它掛在一根高高的柱子上，就怕他看不見。朋友立即把它拿了回來，扣得緊緊的，不想再失去它。嘴上不說，但是看得出來他輕鬆愉快，坐在沙灘上看著夕陽美景，一切都是如此美好，他抱著相機猛拍照。我問他知不知道全世界最棒的事情是什麼？他說不知道。我說就是失物尋回，所以要更加珍惜。

機場

還記得第一次坐飛機的時候是在松山機場，那時候出國都是由松山機場出發。當時國中畢業，只覺得機場很大，在飛機上睡了很久很久的時間，才把我帶到了另一個國度。這個國度的人，皮膚顏色不一樣，有白有黑，說話的語言也不通，對未來上學的困境，內心覺得十分惶恐，不知自己是否得以生存？

現在的我由於公事出差，或是出國旅遊，機場來來去去許多次，已經成為生命生活中的一部分。剛開始的時候，一想到要去機場，總是緊張不已，怕遲到，飛機不等人，又怕少帶文件。那時候的機票都是印出來拿在手上，不像現在一張信用卡，或是一個智慧型手機便可輕鬆入關。除了護照或駕照，幾乎任何其他東西都可以不用帶。如果忘了的日常用品，到目的地都可以買得到。只要不遲到得太過分，幾乎是沒有什麼好擔心的。

世界各國有許多機場都設計到好吃、好逛、好舒服的地步。以前國外旅行時，最喜歡在漢城過境，那裡有好吃的人參雞湯，以及像 Mall 一樣的超大商場。可以又吃、又逛、又買，希望過境時間能久一點。經常在過境漢城機場時，就把旅費都花光了。在國內旅行時，最喜歡在德州轉機，因為那裡有最好吃的牛排。現在許多機場也有按摩服務，旅途太累或者候機時間太久，都可以去爽一下。

以前在機場可使用免費電腦上網，現在人人手機一臺，不但可以免費上網，也有充電服務。所以有時在機場候機時，便可把工作都做好；甚至於在候機時利用時間，繼續拚那幾十集的連續劇，戴著耳機，一陣嘶殺，一分鐘都不浪費，不但如此，而且還希望飛機不要來得太早。有人曾經告訴過我，他喜歡乘飛機，因為老婆和老板都找不到他，是他唯一的寧靜世界，所以一往機場去，他就開心！

我曾經在近鄉情怯的心情下落地，也曾在依依不捨的心情中離開。曾經在機場忐忑不安的等待，也曾等不及的興奮衝下飛機見到接機人。我曾經在大風雪的夜晚回不了家，也在狂風暴雨的日子怕飛機起不了地、落不了站。我曾經哭哭啼啼的離開機場，也曾開開心心的期待和久別重逢的老友相聚。在機場，看到許多家人重逢，也見到愛人分開；在這來來去去、匆匆忙忙的機場，它沈醉了多少迷人的故事？

你是否曾在機場生離死別？有一段纏綿悱惻，教人心動的故事呢？誰說機場不是我們生命生活中的一部分？

我不知道

國中畢業初次來美，英語學得七七八八，有聽沒有懂，它認識我，我不認識它。時差搞得我昏天黑地，白天晚上弄不清楚，睡它個三天三夜昏迷不醒。每次醒來大概都是黃昏時候，偷偷地把頭從窗口往外看……嗳喲！怎麼都是些黑黑白白的小孩在外面玩？那上學怎麼辦？

第一天上學就被送到這、送到那，不知道去了多少辦公室，課表才搞出來。這裡不是坐在同一間教室，而是每堂課都要跑不同的教室。厚皮書拿不動，有 locker 可以放。搞得我迷迷糊糊，方向分不清，真的很難過。英文不好，當然學校先把我分到ＥＳＬ班上。哇！原來老中都在這裡，有人來了三年都還沒熬出這班，真是太好了！有中國人的地方就有希望，大家看到我這新面孔，都來嘰嘰喳喳、問東問西。告訴我哪裡去，怎麼走，不然我連廁所都找不到。又告訴我不要隨便上廁所，那裡都是壞小孩抽煙的地方。這個高中在紐約算起來是數一數二的高中，但聽說高中越好，孩子聰明，壞點子更多。

到了中飯時間，我也不知怎麼買午餐，幸好走到餐廳，看到一群老中坐在一起吃中飯。認識一個，就等於認識全部，熱情的要我以後都和他們坐在一起。我高興極了，十分有安全感，海外小留學生，很需要互相幫忙、互相照應。我笨得連買飯都不知怎麼買，他們告訴我，排隊時，前面那個人吃什麼我就買什麼。不需要講什麼，只需要說：「和他一樣。」我就這麼吃了一年前面那個人叫的飯。

剛剛來上課的前三個月，是聾子、瞎子、傻子，一切都是這麼的模模糊糊、似懂非懂。還得要裝懂，免得有人來找你碴！記得上體育課的時候，必須先換上體育制服。我和一位老中女同學一起上課，一同在更衣室換衣服。那些老美女生到了高中的年紀，一個個的超級發育，光溜溜的走來走去。是我自己這輩子第一次見到這麼多裸女，在我面前走動。不到十四歲的我，還沒搞清楚自己是男是女，前胸和後背長得差不多，平坦到可以鋪路。沒想到這也是令人側目、嘰嘰喳喳的話題，反正我也聽不懂，無所謂。可是我的同學聽懂了，她說她們都在笑我為什麼沒有穿內衣？看看我這位同學的內衣，有和沒也差不多。於是同學說週末帶我去買內衣，這就是我此生中的第一件的超扁內衣。

那時候最害怕就是有人來問我問題，我後來就訓練到，問我一次，我一定說：No，問我第二次，我便說：I don't know，如果再問第三次，我便回答：I don't know English，這招真的很好用。一直到前兩年，去義大利旅行，下了岸，計程車司機在港口拚命拉客，我一句話就把他打發了。妹妹跑過來說，你用什麼奇招異術，一下子就把他給趕跑了？他在我們這裡死纏爛打，趕也趕不走！

一轉眼，已經來到美國幾十年，但是頭幾個月的苦痛經驗，深深刻在我腦海裡，永遠難忘。

媽咪用手機

媽咪用手機本來就不是什麼大不了的事，媽咪用智慧型手機可就不一樣了。媽咪一人住台灣，我住美國，弟、妹都住香港，四個人分住三個國家，一年難得相聚一回。手足之間用智慧型手機溝通十分方便，寫email、打Skype、分享日常生活照片，易如反掌。可是媽咪時常抱怨，只有她一個人看不到我們的照片，這年頭還有多少人用洗照片的方法看照片呀？都是用email傳送，可是媽咪又不會用email。

今年我回台灣，妹妹不停的由香港發簡訊給我，因為我當時正在忙，一時無法回覆，便將手機交給了媽咪，很快的、簡單的教她使用。結果她七七八八的也寫出了一些東西，妹妹說太好了，那就買一個手機給媽咪。妹妹由香港來台灣，帶了買的手機給媽咪，媽咪就開始了她智慧手機的生涯。

先是教她用手寫中文，可是她寫得太慢，都變成了日文。於是就開始語音訓練，可是因為媽咪鄉音太重，發音不準，字傳出時常常有錯誤，但是我們也可以猜出個十之八九。教完之後，我和妹妹都各自回國，因為我們設立的是一個Party Line，所以大家都可以看到每個人寫的簡訊。由於時差的關係，我經常在早上起床時看到已有上百封簡訊已通訊完畢。我們每天也把在周圍發生的事，拍下照片寄給對方，媽咪看了好高興，像是溶入我們生活之中。我的爬山、打球、園藝、插花的照片都一一傳給她，她說加州天氣真好！妹妹買了新衣服，穿起來拍了給大家看，她也發表意見。平常她與三姑六婆出去吃飯的時候，帶上這個手機秀給大家看我們的生活照，老太婆們都覺得她棒得不得了，與高科技連結。

其實媽咪會用的智慧型手機功能是非常的少，但已完全可以和我們的生活相連。想不想給你的媽咪也買一臺智慧型手機呢？和海外的遊子可以隨時連線，隨時分享生活細節，成為大家生活的一部分。世界拉近，好像住在一起一樣。

蝴蝶效應

大約在十年前曾經看過一部美國片，名叫作《蝴蝶效應》。看了之後大大驚喜裡面的內容，不但買了光碟，而且反覆看了許多次。更令我驚訝的是，買回來的光碟裡竟然有兩種不同的結局，一個是戲院版，另一個是導演版。我兩種結局也都看了幾次，沒想到導演自己拍戲都不能決定那一個結局比較好？看這電影之前，不太懂得「蝴蝶效應」這幾個字真正的意思，看完了之後不禁讚嘆，蝴蝶效應對我們人生真是有非常大的影響，我們每日的想法行為真的就有蝴蝶效應。

「蝴蝶效應」來源於美國氣象學家的發現，某地上空一隻小小的蝴蝶搧動翅膀而擾動了空氣，長時間後可能導致遙遠的彼地發生一場暴風雨，以此比喻長時期大範圍天氣預報，往往因一點點微小的因素造成難以預測的嚴重後果。

蝴蝶效應也是指在一個動力系統中，初始條件下微小的變化，能帶動整個系統長期且巨大的連鎖反應。看似無害的小改變，可能會導致無法預期的後果，可說是牽一髮而動全身。小則如同打檯球、下棋「一招不慎，滿盤皆輸」，大則選錯老婆、嫁錯郎「差之毫釐，失之千里」，誤了一生。

今天的蝴蝶效應已不限於僅對天氣預報而言，而是一切複雜系統對初值極為敏感性的代名詞。今天早晨起來所有的一切想法，進而決定今天所做的一切行為，而這些行為又會對周遭的人帶來的影響及變化。自己仍舊記得小時候某人對我說的一句話，或帶著我做的一件事，而給了我一生的告誡或提醒。如果我當時沒有遇到這個人，經歷過這些事，可能今天的我就不是現在的我。蝴蝶效應在初始時，往往是難以預測，它在長時期大範圍導致未來前景的巨大差異，而這未來的差異不止是自己，而是和自己有關的一切人和事。

想想自己小時受到別人的影響，更嚴重的是自己也會影響別人。小則告誡兒女，大則影響她們的人生及事業。愈想愈恐懼，這可以是無限的時空發展。不免覺得一絲一毫，一分一刻都得深思熟慮、謹言慎行。但在這三思而後行的時間內，是否又錯過許多？同一時間的別人是否又受到其他人的影響？電影中的其中一個結局，便是主角希望自己根本沒有出生，這樣便可避免悲劇發生。但是往往悲劇不是由一個人創造的，看樣子我們活在這世上是真難躲過蝴蝶效應。

開電車

今年初，經由友人推薦買了一部全電車，友人一向精打細算，尤其懂車。因為當時有政府優惠，而且又環保，再加上他也同時買相同的車，於是不加思索便買了下來。我對汽車一竅不通，更別說是全電車，只知道不用加油，也不用換機油，於是選了顏色，便把車開走。

買了車的第二天需到監理所一趟，我特別選了離市內較遠的監理所。一來因為我沒有預約，郊外的那間人可能少些；另一方面也可藉此試車，反正不需加油，免費的，就給它開到飽！

充了滿滿的電，起了油門，不，應該叫電門，一看可開一百多哩，想想哪有那麼遠，來回最多四十幾哩，肯定夠用。踩了電門就往前衝，結果才轉個彎，從家裡的後門開到前門就用掉了二十多哩。看那數字掉的這麼快，不禁捏了一把冷汗，想想這是怎麼回事？是哪兒出錯了嗎？實在是不太可能！管它三七二十一先開再說，不入虎穴焉得虎子，不要害怕，走著瞧！

走著走著上了高速公路，那數字飛快的下降，為什麼覺得才開了十哩卻掉了五十哩呢？還有一半的路才到得了目的地，這車會不會在高速公路上忽然沒電停了下來？我愈開愈害怕，全身冷汗直流，頭暈目眩，不知死了多少細胞。心中唸經，問自己為什麼這麼蠢，要做這樣的決定？明明離家五哩就有監理所，偏偏捨近求遠，想乘機兜風，現在吃不了兜著走。心中後悔不已，也只能憂心忡忡，打鴨子上架繼續往前衝。

好不容易開到了郊區的監理所，我已嚇掉了半條命，看看電量，只能再跑四十五哩。我怎麼光來就已用了六十哩的電量呢？今天回得了家嗎？愈想愈緊張！既來之則安之，先把該辦好的事辦好，不要急不要怕，船到橋頭自然直～繼續不停的給自己唸經。

郊區的監理所也是人山人海，根本沒必要開到這裡來，八成大家和我的想法都一樣。長長的等待終於過去，現在看看怎麼回家，人生不就是不斷的挑戰嗎？今天先過了這一關再說。自己盤算著，如果再開原路回去，以來時的計算方法，電量肯定不夠，不如換由小道回家。比較起來小道雖遠，但是容易路邊停車，求救、找援助也容易些。停在高速公路上危險性高，而且不諳車性，不知它是否會在路中忽然停止，於是就決定走小道回家。

小道要經由小鎮、住宅區和商店，自然車速限制也低，所以我也自然放慢行駛。沒想到放慢行駛，不但耗電量少，而且踩煞車還會充電。我真的是犯下全天下人都犯下的錯（借用某人講的話）：不先讀使用手冊。對！就是厚厚可以砸死人的那本！結果我輕鬆的開到家附近的小鎮，因為還有幾件事要辦，而且驚嚇過後，肚子有點餓，就在路旁的一家小店吃午餐。

在小店遇到婷娜和她兒子，她看到我一副灰頭土臉的樣子，問我為何一人在此出現？我把來龍去脈告訴她，她笑到珍珠奶茶都快打翻。她說她小叔也有一輛，這車很好，可是剛出來，許多人都不會使用，經常路上沒電，所以電車公司八百號援救電話特多。每天出門時必須計劃好一天的路線，不能超出計劃太多，指標上剩下二十哩就得預備打道回府。用來做上班車、逛街購物車可以，不適合長途旅行。而且我早上在高速公路上開，耗電量大，一定是我猛踩油門。她說這車不能當跑車開，要慢慢開，更說我由敞篷跑車一下子換成電車，是否等級越的太快，難怪不習慣！

現在這輛電車已開了半年，不用加油真的很爽，更尤其在油價大漲時，路經加油站，過門不必入，自己更開心，覺得買電車是個英明的抉擇。電車有好處，也有壞處。電車十分的高科技，每一個座位都可以暖位，冬天不用戴手套，因為方向盤也可加熱，手永遠是暖暖的。並且在家中可用搖控器，在上車前便可預先開空調，上了車便已是自已想要的溫度，不怕冷，也不怕熱。但有時覺得它太高科技，沒事還會送 email 給我，覺得有點害怕，所以我都把它們刪除了!有一回還突然對我說話，嚇得我跳起來！政府鼓勵環保，所以可以申請市內免費停車、開 carpool 車道以及免費過橋，只可惜我家離橋太遠，怕是到不了橋，要不就是過了橋回不來。電車用電時，所有打開的裝備，如收音機、冷暖氣、車燈等等都需耗電。車內有個省電裝置，但是如果使用省電裝置，最快也只能開四十哩左右的時速，這倒是個不被警察開超速罰單的好方法。

電車可用家用插頭，如果由完全無電開始充電，大約費時十六小時。如果用高速充電器，大約七小時，政府補助所有安裝費。最近出了最新的超速充電器，約費時二小時。充電和加油不一樣，不像加滿油立即就走，充電需要有等待期。現在有些科技或軟體公司以及大型商場停車場都設立充電停車，以便員工或顧客免費使用。

電車用來做固定路線使用十分合算，每晚我睡覺、它充電，省時、省力又省錢，沒什麼不好。但家裡一定得有另一輛車，做為旅遊或長程計劃。古時候的男人要管住女人，就要她裹小腳，如此一來女人跑不遠。開電車如裹小腳，裹了小腳就跑不遠。現代男人養小三，要他開電車就不方便多去不必之處，上班下班剛剛好夠用，電用完了就自動回家。

我拍電影

我喜歡看電影，每天至少要看一部電影。現在看電影方便，在家就可以看，無論是網路電影、Netflix 或是擁有一台網路放映機，全世界的電影都可以很快看得到。真的是「秀才不出門，能知天下事」。如果出了門乘飛機更好，飛機上都是最新上映的新片。十幾個小時，睜大眼，拚命的看。就怕飛機太快降落，電影還沒結束就到達目的地。

因為對電影的熱愛，所以曾經想過走這一行，在大學時代曾修過一堂電影課。還記得當時學校預算十分低，兩人分一部機器，在指定的時間內借用機器，當天就得還機。剪輯室也需預先約定時間，時間一到就得走人，也不管你是否作業進行到一半。當時拿的那堂課，一學期要拍三部電影。當中有許多的限制，從頭到尾必須一人作業，頂多找一個演員。我印象最深刻的是我拍的第一部片，因為困難重重，學到最多。

在那古老的年代，沒什麼太時麾的攝影機，用的是八哩米的攝影機，也就是一小格一小格底片拍下長長的一串。放入放映機，調好速度，關了燈，放在白牆上看。每一格都是錢，都很珍貴。不像現在什麼都是智慧型，刪除便可重來。所以拍攝期間要十分小心，想好了才拍。不然每人發的一卷底片，用完就沒了，抱鴨蛋回家白上一堂課。

首先我得有個主題，要拍什麼？想一個簡單的劇情免得給自己找麻煩。由於第一部電影是學拍外景，所以就找個街上的場景。於是想到一個年輕女生在街上等男朋友，等呀等的，這男朋友又遲到，她等的有點不耐煩了，正想走，便看到男友在對面街上向她招手，她生氣轉身就走。男友一急便立即跑過街，也沒有顧及來車，便被撞死了，女孩後悔不已。

大綱擬好，便開始一切的作業，這是一人電影，所以我是導演、編劇、場務、燈光、劇組、服裝、攝影師，外加星探。故事主題構思最重要，有了主題，我便開始把想要的鏡頭像漫畫一樣一格一格的畫在紙上，遠近、角度、表情及攝影機的速度、亮度都仔細的標誌好。為了增加戲劇效果，把故事變成了回想過去：女孩走到出事的街上，觸景生情，選擇用了清楚再模糊的鏡頭帶往從前。另外出事的車禍，也利用路上迎面而來的卡車快速鏡頭閃過，造成衝擊感。此外又加了出了車禍的男孩身邊帶個小禮物，掉落在他身邊。女孩拾起、打開禮物後，裡面寫著「我愛你」，這招是用來騙觀眾的淚水。

因為功課做的充分，拍攝過程十分順利，演員就是班上的同學，一位老美女生。因為時間緊湊，她完全不知道我要拍什麼，我都是一個鏡頭一個鏡頭的拍，教她做什麼，她就做什麼。全班同學各拍各的，繳了卷後，老師安排了時間全班一起看。因為這是大家的第一部電影，全班都很緊張，我也不例外。學生沒有放映機，所以大家都沒看過自己的毛片，都是和全班一同看。放映開始，電影一部一部的看過去，大部分都言之無物，鏡頭亂飛，浪費底片，連焦聚都對不準，老師氣的眼冒金星，每個人都被批評的狗血淋頭。等呀等的，我像是隻待宰的羔羊，結果我的片子是全班最後一個放映的。這時老師已耐心全無，我也全身僵硬，快要昏倒。沒想到放映我的片子時，大家都十分專心的看，連一根針掉在地上的聲音都可以聽見，我更是緊張到了不能呼吸的地步。片子放完，教室內空氣凝結，一點聲音也沒有，大約過了五秒鐘，全體倒吸一口氣，接著掌聲雷動，連續好長一段時間，連老師也不例外。她說她實在太驚訝了，一個初學者可以拍出這樣的水準。同學們則為了故事的內容感動不已，還有人為此落淚，我騙取觀眾眼淚這一招還真的成功。這一仗打的大獲全勝，我也得意了十幾年。

我真的喜歡電影，但是為了生存、混飯吃，最後還是唸了電腦及應用數學系，無法圓我拍電影的夢。可是每每遇到好的電影，我都觀察入微，絕不放過。看電影容易，拍電影難，拍好電影更難，畢竟不是每個人都可以做李安。

電影會英雄

許多年前就已聽說過「視聽社」這個社團，但是一直認為它是一個私人的俱樂部，只有校友才能夠參加，所以不敢貿然前往。直到去年經友人推薦，覺得我一定很適合這樣的社團，我便大膽參與。當時他們正在觀賞研究一系列的韓國電影，我去的時候趕到看了最後的四部片子。由於視聽社的組織成員很有系統，社長也盡心盡力，以前沒有機會看到的電影也有跡可循。不是可以傳送網站，便是有碟片可借，所以我也沒有錯過任何一部那一系列的電影。不但如此，各項文藝活動，社長也是一字不漏的通知大家。由於這個社團，我見到了好幾位導演、編劇，與他們親自交流以及觀賞到無數場的精彩文藝演出。

看電影的場所在一位團員的家中的電影室，寬螢幕，身歷聲音響，舒服雅緻，女主人熱心招待。看完電影主戲上場，討論激烈，所有團員也帶著自己拿手的點心及水果一起分享。幾次討論之中，我學到了不少看電影的技巧及細節。古云：「演戲的是瘋子，看戲的是傻子」，我則是高興在這裡找到了同道。看完電影討論不完的細節，還電郵繼續討論，有時長達一兩個禮拜都不休不止。更有時候有人睡了一覺，想起了什麼，又在電郵裡面跟大家提出，互問意見，真的是熱鬧非凡、熱情洋溢。

參加了視聽社之後就未曾缺席，於是又被邀請到另外一個電影會。這個電影會與視聽社大大的不同，它是要在家做功課的，分配的電影必須依時在家自己看完，然後再帶到會上討論。六點開始聚會，大家帶著好吃的點心到會長家裡集合，此地也是臥虎藏龍，人才濟濟。裡面有作家、導演，還有會員家裡收藏了幾千部電影，腦袋瓜子就像一個活的圖書館，八百年前找不到的電影，都在他的腦子裡面挖了出來。他也十分大方的把他的幾千部電影借出來，給電影會的成員一起觀賞討論。這個電影會裡面討論的比較仔細及互動較強，有人帶著筆記本、有人帶著平板電腦，都是做了功課來的。有時候一個晚上討論不完，電郵來去太多，還會相約其他的時間在咖啡廳或圖書館繼續開戰，會長常說我們是一群「憤青」。這個電影會還有 Field trip，也就是去電影實地拍攝的場景親自遊玩、探險。因為許多場景都是在危險的地方，不是懸崖，便是高塔，都是劇情中謀殺的犯案現場，很有意思，看完之後也能體會當時拍片的辛苦及困難。

由於這個電影討論會的機緣，我被列入了第三個電影討論會的名單。這個電影會更有意思，它大部分都是挑選我們現在外面看不到的電影。有紀錄片、黑白片、外語片，經典老片或是一些個人私藏的影片。電影會也是在會長家裡大家一起看，看完討論以及分享美食。會長茶藝精通，大家都可以喝到她遠地買回來的好茶，我笑說這些都是皇帝的貢品，我們都是今生有幸，來這兒做皇帝。

我是個影癡，喜歡看電影、拍電影，以及學習它一切的過程。參加了三個電影會，到處高手雲集，人文、歷史、地理，有問必答，無所不知。教我不斷的學習、進步，日子也忙碌不堪，抽不得閑。有時為了趕功課、看電影、做筆記、找資料，把自己弄得緊緊張張、神經兮兮的，像是一個沒做完作業的壞孩子。但是讓我生活青春洋溢，增色不少，很是開心。開心找到這麼多同好，熱情不滅。如果導演、編劇知道了有我們這些電影會的同學們做後盾，即使電影下片多年，還有人為它哭哭笑笑、不止不休、回味無窮。好片可以加油再次展現，經典老片也可生生不息，傳揚世代。

五子登科

新移民來美國，大家都有個五子登科的美夢：房子、車子、金子、妻子、兒子。老中們也都分外努力，欲求更上一層樓，以免無顏見江東父老。不僅在同輩們面前要抬得起頭來，也要在兒女面前「望父成龍」，如此豐功偉績，兒女們怎麼能不引以為傲，說一句這老爸「讚」！別人有的，我們也有！

以前曾經拜讀過一篇文章叫做「屋奴」，文中大致描述她每日為了保持家中的光鮮亮麗，變得形同奴隸。每天手拿抹布，另帶拖把，走哪兒就清到哪兒，家中像個博物館，兒女不敢請同學回家，老公在家行走也像是練輕功，最好不要著地。弄得全家緊張，自己也整天腰酸背痛。問問是自己擁有這房子？或是這房子擁有自己？

我另外看到的則是朋友不停的工作，賺取高薪。總算夢寐以求，買到了一棟全新的房子，搬進一年後，請我們去他們家玩。進去之後發現牆上空空如也，畫框都在地上，因為他們捨不得在牆上釘釘子。地上都鋪滿了大浴巾，大家都只能順著浴巾的路線行走，不可以踩地毯。而廚房的流理台，全都鋪上了報紙，因為怕被油滴到。其實他們不用怕，因為根本沒有油。他們的爐台也只燒開水，不能煮食其他東西，更別說炒菜作飯了。樓上主臥房浴室的 Jacuzzi 自然是不能用，全家都得共用 Hallway 的浴廁。即使我們告訴他，主臥房的浴室不用，以後水管會壞，他也是油鹽不進，我行我素。

有句話說「錢財是五家共有：天災、苛政、盜賊、子女、戰爭」，最後還有剩下是給自已的嗎？其中也不是五分一的算法，光是國稅局就抽走了三分之一。有小偷強盜、水火無情，天災人禍也是正常。兒女花費更不用說了。所以年薪再高，到底有多少是自己擁有的？有人說，吃下了肚子才算數，錢花掉了才是自己的。有一位朋友的母親懷恨過世，原因就是他父親一輩子小氣，不多給她一分錢。有人生前薄待，死後厚葬。人生到底幾何？金錢價更高？錢財生不帶來死不帶去，我們都光溜溜的來，光溜溜的走。五子登科之後呢？是不是要想開一點？

廟會

少小離家老大回，國中畢業就來到美國唸書的我，台灣對我來說就好像外國一樣。許多地方沒去過，許多事情也只是聽過，可是沒有看過。對於台灣的民俗所謂乩童、蜂炮，都有相當的好奇心，十分想親眼看看，親身經歷一下。

今年春天回到台灣，去探訪一位住在萬華的老友，結果那一天剛好有廟會，他說我一定得看看。艋舺青山宮算是臺灣三級古蹟，廟會自然不同凡響。他把我放在廟的正門口，我可以一覽無遺、看得清楚，永不忘記。我興奮不已，今天可讓我第一次看到廟會，也親身經歷了「艋舺」的劇場，同時親眼見到「陣頭」的鼓陣。

首先是幾位辣妹開場，一陣衝鋒陷陣，萬頭攢動，可惜我擠不進去，只看到她們妖嬈的小手，隨著音樂在頭頂上扭動，人群包圍著她們，密不透風，連一隻蒼蠅都飛不進去。接著來了一輛卡車，卡車上面戴著兩個巨人，這兩個巨人不是別人，就是「鋼鐵人」。鋼鐵人後面有一位年輕的鼓手，音樂響起，鋼鐵人大跳「江南」style的騎馬舞，娛樂性極高。

再來就是從小耳熟能詳的七爺、八爺，今天才知道原來七爺（高的）、八爺（矮的）是謝范將軍。搖搖擺擺，踩著高蹺，十分有韻律。過一會兒鍾馗駕到，旁邊一堆小嘍囉，一路打著功夫入場。朋友要我把照像機拿穩對準，不知道原來鐘馗會噴火！把場子炒得沸沸揚揚，十分火熱。接著便是夢寐已久的電音三太子，他們三人現在是世界有名，我在美國都聽過。這時廟會熱鬧到最高點，高潮迭起，大家爭先恐後的想搶幾個鏡頭，與太子們合照，我也不例外，可惜擠來擠去，只拍到一些周邊照。最後是媽祖娘娘壓軸收場，幾個轎夫前跑、後跑，抬著轎子，看得出來有過舞步訓練。其實廟會遊行人物很多，因為我只認得出這幾位大角色，其他精彩，但著實叫不出名字。

全體遊行完畢，便是超大的鞭炮聲及放煙火，聽說廟會放出的煙火及鞭炮可蓋一棟房子。目不暇給，說也說不完，熱鬧非凡，記得學生時代聽過一首民歌，就叫《廟會》：

歡鑼喜鼓咚得隆咚鏘
鈸鐃穿雲霄
范謝將軍站兩旁
叱吒想當年

就這首歌形容的最恰當！

我這離鄉背景一輩子的遊子，像一個鄉巴佬一樣，睜大著嘴看，不停的拍照。近鄉情怯，覺得好像一部分是屬於在此，覺得親近又陌生。美國住了那麼多年，英語說的比台語好，可是流在身上的血卻為台語歌而沸騰，心為陣頭的鼓聲而跳動，情為艋舺的場景而感動。是否無論遊子離家多久，那原始的血脈，像磁鐵一樣，仍舊把我吸了回去？

萬年鍋

想當年拜讀〈趙寧留美記〉，趙茶房有萬年鍋一說。自己做留學生時，就是它餐餐相伴，一鍋在手，妙用無窮。時光飛逝，歲月如梭，多少年之後，又是它與我獨自相伴，甚是有緣。

想當年初到大學，怯生生地誰都不認識，研究生看我孤零零的一個人，便邀請我到他們那裡大家一起吃飯。那是我到大學的第一頓飯，竟然是用大同電鍋做出來的火鍋，我見都沒有見過。因為他們都是研究生，只有我一個是大一新生，所以我非常的害羞，他們叫我不要客氣儘量吃，離鄉背井，初次看到這些熟悉的食物，於是我就真不客氣的狼吞虎咽的吃下了好幾口，把自己的舌頭都燙傷了。幾位研究生都很客氣的照顧我這個小妹妹，因為他們不會使用廚具，也沒有什麼廚具，所以就用了大同電鍋燒出了各式各樣的佳餚。

今年回台灣遇到阿姨，告訴我大同電鍋多好多好，因為年齡越來越大，常常會自己一個人忘記關火，而大同電鍋確實一點這種煩惱都沒有。它不但燒飯，而且可以蒸很多東西（蒸的東西最健康），另外也可以煮雞湯，用不著一直去盯著火、看著湯，而且永遠也不怕失火。朋友說甚至當歸鴨、鳳梨苦瓜雞、香菇油飯、五香牛腱、紅燒蹄膀、八寶粥、綠豆薏仁湯，也做得出來。於是我這一次就硬是扛了一個十人份的大同電鍋回美國，回來試了幾次真的是很好用，讓我想到從前留學生的日子，那時沒買大同電鍋，每天用的是一人鍋，燒一人份的食物。也就是趙茶房所謂的萬年鍋。他在文中提及那鍋多好多好，好味道都留在鍋內，有什麼好洗的？我雖然不至於到萬年鍋的地步，但真有當年自己一人一鍋的感受。

人總是這樣要返璞歸真，我們光溜溜的來，光溜溜的走，不帶走一片雲彩。在這前後萬年鍋的年代當中，我養大了兩個孩子，不知道學會了做多少菜？試完了多少食譜？尤其以前住在紐約上州的時候，鳥不生蛋的地方，如果不自己動手就沒得吃。就住在那兒的幾年，做完了傅培梅的兩本食譜。家裡辦晚宴、烤肉，來吃飯的客人二、三十位，也是我一婦當關，家人的三餐便當也是頓頓 homemade。

現在一個一個都不在身邊，我又回到原始的我，一個人來美唸書時一樣。除了大宴小酌、朋友聚餐時，其餘時間一個人，簡簡單單，這回萬年鍋就像我的家人，一日三餐陪著我。

忘川

「忘與記」是兩個相反的字眼。年輕的時候，許多痛苦回憶想忘都忘不掉；年老時，想把一些快樂的記憶想起來，可是吃力的想也想不起來。到底是忘了好，還是記住了好？

我有一位嫉妒心十分強的舊識朋友，人前人後，拚命的喜歡說我的壞話。聽多了就不想和她做朋友，把她列入了我的黑名單，不再聽這些無聊話。事過一年，我在社交場合上遇到了她，這時的我，已把她做過的事忘得一乾二淨。見到她，開心的走上前去，不但擁抱她，而且拉拉她的臉蛋說真漂亮，做的新髮型，還穿了時髦的新衣服，看起來年輕十歲。自己說完了轉身便走，和別人去打招呼，過了幾分鐘回神一想，不對！這個人好像是在我黑名單上的人。立刻回頭朝她一望，發現她呆若木雞，表情哭笑不得，滯留在原地，動也不動。我猜她一定想，我是何居心，葫蘆裡賣的是什麼藥？我當時也被那個場景給震到不知如何是好？只有把它當作沒事一樣繼續和旁人聊天。這事已過了幾年，都還清楚記得當時的烏龍狀況，敵友不分。想想到底是記起來好？還是忘掉了好呢？

年輕時聽過一首民歌叫《忘川》，李健復唱的，歌好聽，歌詞也有意思，簡單有力，大約是說：

喝了忘川的水就忘了一切，
喝了記川的水又記起一切。

當時覺得是否少年不知愁滋味，為賦新詩強說愁？現在年紀大了，覺得他說的貼切，要記、要忘，都由不得自己。

今天手上喝的這杯水，到底是記川來的？還是忘川來的？看樣子喝下去的人才會心知肚明。有人說記得起來是聰明，能夠忘記是智慧。看樣子我們都別無選擇，越來越有智慧。

氣息

今晨來到舊家附近的咖啡屋，一走進去，頓時從前的舊事都一幕幕的映進眼簾，似乎都可以聞到以往的氣息。這裡可以算是我的早餐店，一杯咖啡加一份現烤的新鮮麵包，勝過於山珍海味。在這裡，曾帶孩子們來吃早餐，也在這讀書考專業執照、整理相簿，也寫了不少文章。似乎聞到了這裡的氣息便有如回家，全身通暢，舒服得不得了。

今天咖啡廳的人不多，但是被兩位不大不小的少女吵的嘰嘰喳喳，沒有人上前阻止她們，似乎都想感染她們的一點青春氣息。她們倆並沒有察覺到她們的音量，因為說話主題太令人興奮，相信一定是說到了哪個心儀的男孩。看到她倆無法控制談話內容的魅力，也想到自已年輕的歲月。那時的我，像是椅子上長針，怎麼也坐不住，上課時還會隨音樂搖擺，就連時時提醒自己也停不住，就像這兩位少女一樣。

其實自己喜歡塗塗寫寫是很早期的事，只是寫在紙上，紙掉了；寫在日記本，又撕了。要投稿，還得爬宮格紙，寫錯了，得全部重抄，像是被老師罰抄書一樣。一直到買了智慧型的這個、那個，所有的文章自動收錄在雲端裡，才正正式式的開始我的寫作生涯。

有一天認識了一位作家，她的先生偷偷告訴我，不要再寫了。一來作家都短命，二來都有神經病。像他老婆，在寫作時他去找她說話，她會十分沒耐性，而且脾氣特別大。我告訴他，你老婆寫作時，你千萬離她遠點，要吃飯也最好自已想辦法。因為腦中要構思一篇文章不容易，常常必須一氣呵成，不能打斷。就算沒人打擾，有時原有的靈感也會不翼而飛，怎麼也找不回來，自己都會跟自己生氣，更何況別人？

我很幸運，找到了一個屬於自己氣息的寫作天地。沒有人知道這裡，也沒有人吵我。渴了，買一杯茶；餓了，好吃的東西多的很。廳內又大又寬敞，廁所也乾乾淨淨，咖啡廳內放著輕柔的音樂，想待多久待多久，文思泉湧，有我要的氣息。或許作家真的是有點神經病，獨自一人，神遊自己的世界，專心之處，眼不見、耳不聞、食不知味，彷彿到了無人之境。寫到深處，自己哭自己笑，無人分享，是一個孤獨的旅程。你要不要也一起來嘗嘗這孤獨又有趣的滋味呢？

她是誰？

女兒小的時候，有一天從學校回來問我：「媽咪，誰是 Mrs. Robinson?」嚇得我從椅子上跳下來？回答問題之前，先問她是從哪裡聽來的？還會從哪裡聽來？這是美國耶！Mrs. Robinson 是美國文化之中的產物。只要在七十年代看過「畢業生」那一部電影，都知道 Mrs. Robinson是誰。她勾引女兒的男朋友，最後女兒穿著白色婚紗禮服由教堂逃婚等等，那幾幕情節都是非常經典之作。達斯汀霍夫曼童稚的臉孔，帶著迷漫的眼神望著 Mrs. Robinson 美腿的電影海報，相信很多人都印象深刻。而且又有 Simon & Garfunkel 譜寫的電影主題曲，不但經典又好聽，到如今只要他倆出場仍是強棒出擊，四、五年級的同學們都應該非常熟悉。

還記得自己在年輕的時候，不但學會唱 Simon & Garfunkel 的專輯歌曲，而且從頭到尾整張唱片歌詞全都背了下來，那也是我當時學英文的起步。歌詞裡面有許多看不明白或是不認識的生字，還拚命的查字典。一張唱片的封套背後被我密密麻麻的翻譯，寫的紅紅綠綠到處都是。當然不只是他們的歌，另外也有許多在相同年代的歌曲，常常開車時在我喜歡的收音機電台播出，都不免想起年輕時的場景，和誰在一起，這些歌曲如同與我一起成長。如果聽到的是電影主題曲，也會回想到電影中的劇情，和誰一起看。

我念大學的時候，這兩位歌手還在紐約中央公園舉行過一場免費的演唱會，來了上百萬的歌迷聽眾。幾年前也到灣區演唱，那天正好是 Garfunkel 六十歲的生日，他倆十六歲開始便在街上賣唱。演唱會中提到他們的高中時期，原來唸的高中和我是同一所學校~紐約皇后區的森林小丘高中！在場下的我興奮不已大聲尖叫，雖然不是什麼皇親國戚，但也算是榮譽傑出校友，讓我也沾一點光。

年輕時的景物、歌聲依舊，但是人事全非。當時和你一起看這部電影、一同聽這首歌的人身在何處？還記得是誰？在哪裡？還有連繫嗎？Mrs. Robinson 到底是誰？如果你的孩子問起你這個問題，你會怎麼回答呢？

不要想太多

多年前住在紐約，曾看過一套朱德庸的漫畫。他的漫畫都很有意思，常常有一點嘲諷性，大多是說中年人的心理變化。其中一幅是我多年來都難以忘懷的漫畫，令人拍案叫絕。又因為是畫紐約的景象，所以看起來十分貼切。

漫畫中的老頭坐在紐約的地下鐵內，身旁有一個空位，他一直在心中嘀咕，不知道誰會來坐他身旁的空位？等著等著，來了一位老黑，模樣有點邋遢。他暗自嘀咕，千萬不要坐在我旁邊，我們華人是何等的高尚，如何能和這位黑先生平起平坐？老黑看了他一眼，沒有坐下，繼續往前走。這一下可不行了，他心中鬧得嘀咕更厲害了！為什麼他不坐在我旁邊？明明車上都已經沒有空位，就連這唯一的位子他都不願坐下？為什麼呢？是不是瞧不起我是華人？他是老黑耶！我沒有瞧不起他已經不錯了，他怎麼可以瞧不起我呢？接著漫畫中的這輛火車就慢慢駛入山洞，可是老頭的嘀咕一直沒有停止。

這個漫畫已經是十多年前看到的，可是我仍舊清晰記得，他把人性的弱點清楚描繪，雖然只是一個笑話，但是實際上可能真是有人這麼想。在尚未來美國之前，母親都認為黑人多是壞蛋，叫我離他們遠點。但是以前我的大學室友是黑人，後來在工作上讓我十分敬佩的一位工程師，也是個黑人，現在告訴媽咪黑人都當美國總統了，不是個個都是壞蛋！

住在美國龍蛇雜處，別說是膚色不同，更有種族及國籍之分，這就是美國文化，住在美國就得接受美國文化。其實現在媽咪看到老黑還是驚恐萬分，不只是怕被劫財，或是烏漆嘛黑看不清楚就害怕？也可能是在台灣住慣了，平日只見到老中，不習慣其他膚色的人種。我女兒是個ＡＢＣ，去了台灣太久就嫌老中太多，說我們拉邋裡邋遢，公共場所講話太大聲。看樣子要有各個種族融合，居住在同一個環境中真的是不容易，就連我們祖孫三代的想法都不一樣。

其實人的皮膚下，裡面顏色更多，看不到只能感受到，不來個幾番輪迴的交往，是很難知道這個人是好是壞。是黑、是白、是黃，不如打開心扉接受一切，新人新氣象，錯過一回，說不定失去的更多。

萍聚

那日在小鎮上的咖啡屋，遇到了老情人，莉雅娓娓道來：大概是十年沒見了吧？人來人往，想在這個小鎮能相遇還不是件簡單的事！他看上去並沒有蒼老許多，但對世間事似乎已經看透。知道在分手後的這些年當中，他曾經與一位小姐有過婚約，但是以後卻沒有如約舉行。他曾經告訴過莉雅為何沒有履行那段婚約，現在卻不想再提。當初分手時莉雅告訴他，不要放棄，要再接再厲，一定會找到心儀的女子。但是看到他現在這樣有氣無力，不再神采飛揚，想必是早已放棄。

世間的事總是有得必有失，有希望就有失望，有快樂就有痛苦。得著、失去，希望、失望，牽手、放手。人生如此多的悲歡離合、要與不要、愛或不愛、捨得、留得，交往是一件辛苦的事。或者是誤會了，他可能看破了世間事，只是放下。放下不等於放棄，放下是不想過去、不想未來、心不執著。放棄是什麼都不相信，完全沒有勇氣和信心。對，就是這樣。莉雅篤定的心中給了自己這樣的答案，也許這樣想，自己可以減低一些罪惡感，畢竟當初是莉雅提出分手。

記得莉雅和他在一起時，著實快樂了一陣子。但是莉雅一直覺得他不夠喜歡她，他心中要找的不是她。盲目的一直繼續下去，也只是味如嚼蠟，不如分手。他不能同意莉雅的說法，但也只能由她去。這麼多年過去，尋尋覓覓，似乎兩人都在原地踏步。

有一位單身的老友要去麻州渡假，我問他，麻州有什麼好玩的？他說他不是去玩的，他要去看他多年前的女友。我笑問他是否有復合的機會？他說前女友得了癌症，他將用他今年僅有的兩周假期去陪伴她、照顧她，看看有什麼事情是他可以幫忙做的。雖然不能夠成為夫妻，但也是一直互相關心對方。機會錯過，可能就沒有下次了。老單身的朋友如果不能互相照應，沒有家人在身邊是件很可憐的事。

那首歌是怎麼唱的呢？

只要我們曾經擁有過
對你我來講已經足夠
人的一生有許多回憶
只願你的追憶有個我

老來多健忘，唯不忘相思。午後的咖啡座，坐著原地踏步的兩個舊情人。

遲到

我不喜歡遲到，也不喜歡別人遲到，偏偏就是有人特別愛遲到。有人說遲到十五分鐘之內不算遲到，那算是寬限期 Grace Period。但是有人每一次都是遲到十五分鐘，我在想，每一次要看所有等你人的臉色，為什麼不就提早十五分鐘出門呢？

多年以前曾經有一位好朋友每次都遲到，後來她的老公說，你如果想要和我老婆做朋友，就必須忍受她遲到，你可以選擇不要和她做朋友。後來我便改成不等她吃飯，大家到齊，飯菜都是熱的就開始吃，結果他們家就只能吃剩菜。更好笑的是，她家到我家只有五分鐘不到的距離，電話東請西催也是到不了，有人等到無聊，有人等到生氣。自從不等她吃飯之後，情形稍有改善，但還是無法準時。

我不知道遲到者的心態是什麼？有人說是不尊重別人的時間，有人說他一輩子就是這麼慌裡慌張，也有人說因為腦裡少了時鐘。在公司裡開會也常會有人遲到，但大多不會超過五分鐘。所以我通常都用咖啡杯和筆記本先在會議室佔個位子，表示我到了。再去上個廁所，通常回來的時候人都到齊了，我也不會不高興地去等遲到的人。現在喜歡寫作，有時就利用等人的時間寫作，大有收穫，也不再惱怒。

出去與人登山集合通常都是不等人的，時間一到全體出發，所以幾位愛遲到的，錯過了出發時間，後來通通都準時了。打高爾夫球更是遲到不得，有時還得早到，不然就得到第二洞、第三洞到處找人。婚禮也是不能遲到，過了吉時良辰，也見不到美麗的過程。

最近和一位老友相聚，她問我為什麼都不主動找她，我也不記得為什麼。於是相約吃飯，結果她遲到四十幾分鐘，我才恍然大悟，想到多年前她次次遲到，我也多方容忍。一直到有一次她約我吃午餐，因為是在上班日，時間算得比較緊，我也特別提醒要她千萬不要遲到，因為下午還要開會，不能遲到。果不其然她又是遲到四十分鐘，我的臉色不好看，飯也吃得不消化，東趕西趕，大家心情都不好。我想算了，這樣的朋友我大概不太有能力交往，於是就不再繼續與她聯絡，沒想到多年以後她依然故我，這可怎麼辦呢？這畢竟不是一個完美的世界，告訴了她，她並不記得，也毫無感覺自己遲到的習慣。而且當然每一次都理由充足，都是因為事情做不完，可是不知道別人必須要預留很多時間，提早做完很多事情才能夠準時。

我總覺得遲到是一個過時的東西，如果有緊急事件發生，當然是例外。但是如果次次如此，周圍的人真的只能忍受而別無選擇？或是真的也只有變成拒絕來往戶？常常和人相約都是選在書店，這樣一邊看書一邊等，心情也不會煩躁。有時也會相約在商店，但是等得愈久，荷包受傷愈重。明天有幾個約談，千萬不能遲到。你呢？會不會遲到？

我火大

隔壁的小嬰兒又在哭了，每次我走到花園，都聽到隔壁的小嬰兒在哭。心想他的媽媽真可憐，在我沒有走到花園的時候，他是不是也都在哭呢？哭的聲音好像真的很火大，像是哪裡沒有把他侍候好？

記得我們家妹妹小時候也是無緣無故的老愛哭，把她餵飽了，尿布也換了，全身洗的乾乾淨淨、香噴噴，侍候得舒舒服服的，可是她還是在哭。怎麼樣哄都不行，到現在都不知道她當時為什麼要哭？於是我把它哭的情形拍錄了下來，決定她長大的時候放給她看，問她到底在哭什麼？妹妹長大了，有一天我就真的放給她看，告訴她我心中一直有這個疑問，「你到底在哭什麼？是哪裡不舒服？」妹妹看的只是格格笑，覺得她自己哭的樣子很可愛，我確實忘不了當時左弄也不行、右弄也不行，真的有點火大！

最近出外旅遊，把貓咪留在家裡，當時隔幾天就有妹妹的同學來照顧牠。但是當我們旅遊歸來時，家裡臭的不得了，貓咪在家裡大小便還吐，我事後清了又清、洗了又洗，都難除臭味。一下飛機大家各奔東西，去公司的去公司，去學校的去學校，沒有時間打理貓咪。為了要調時差，所以我在飛機上也沒有睡。辦完公司的事，晚上我累死回家，到了房間倒頭就睡。結果貓咪竟然在我臥房門外驚聲尖叫連續六小時。大概是我們出門兩個禮拜，牠已經有點受不了了，我們回家之後也沒有人立即陪牠，牠便火大，在家裡隨地大小便和驚聲尖叫不止。

想想動物真可憐，人的話不懂，告訴牠要出去旅遊，牠也不知道兩星期是多久？可能就是在家裡日盼夜盼，好不容易盼到我們回家，我們各忙各的，沒有人理牠，當然火大。連動物都如此，不願受到冷落，更何況人？牠連續的尖叫，不過也就是希望我們能夠注意牠、陪陪牠。多少家庭的爭執，都有些許類似。動物要陪，人也要陪，要對牠關心及注意。搞清楚了貓咪為什麼火大，可是還是沒有搞清楚人為什麼火大？隔壁的小嬰兒為什麼還是一直在哭呢？到底是為什麼火大？

等一下呢

有一首膾炙人口的台語老歌，名叫《等一下呢》，歌曲中道盡被甩在後面的人的心聲。有時在路上看到一對夫婦在散步，一前一後。我在想，兩人一同出門，為何不並肩同行？難道前面的風景比後面要美？如果只是散步，有什麼事急著要疾行？

母親曾告訴我一個她年輕時的故事，有一個醫學院的學生追求她。一日大夥兒一起去騎腳踏車，騎到一處平交道，火車來了，柵欄叮叮的降下來。大家奮力往前衝，大多數人衝過了柵欄，只有少數女生留在後頭，沒有衝過柵欄。那位醫學院的男生，衝過柵欄沒有等我的母親，在這之後，母親再也沒有與他交往。無論男生如何追求，母親也不理。母親告訴我，在這種情況不等妳的人，不值得留戀。母親年輕時千嬌百媚，腰細如蛇，長得比電影明星還漂亮，那位男士的損失可真大！

這世界上本來就是強的要幫弱的，快的要等慢的。孩子小時候走的慢，如果我們現在不等他們，將來我們老時，他們也不會等我們。登山時，不是走得快就可以當領隊，要能照顧到全隊的安全，才有資格當領隊。通常登山有分別難易程度，各人可以參加不同程度隊伍，以便同步同行，預防山難。滑雪也是如此，同等級的人滑同樣雪道，轉彎處互相等待，不易走岔。高處不勝寒，一眨眼跌入山谷，不是摔斷腿，就是活活凍

死，不是鬧著玩兒的。

平時人與人之間的距離已經是夠遠的，難得能夠一起同行，為何不並肩齊步，一同享受眼前美景，多聊幾句？台灣人稱夫妻為「牽手」，就是要兩人手牽著手，並肩同行，一同開創美好的生活。

那首歌唱著：

等一下呢 擱等一下呢，
為何你放阮孤一個。
等一下呢 擱等一下呢，
江水流去不再回……

前面的！要不要等一下呢！

大媽演唱會

說是大媽，一點也不誇張，都已坐五望六，仍舊能開世界巡迴個人演唱會，無論是體力、唱功，都得高人一等。

Madonna的個人演唱會，半年前就已開始預售。我自告奮勇，代表大家去排隊買票，這樣大家省錢，不用付高額的手續費。我早上四點就起床，五點就到了場外開始排隊。寒風細雨，隊伍已經老長，聽說昨晚就有人露宿街頭。而此時排隊只是拿號碼。七點半開始發號碼，九點以後賣票窗口才打開，到時另外排隊。排隊警察管理嚴格，不容插隊，同時也防止黃牛，每人最多只能買八張票。排隊警察預告大家，因為買票人過多，所以星期日加開一場，如果硬要看星期六那一場，有可能沒有票或是不能坐一起。所以當機立斷，決定買星期日的票，免得白跑一趟。

我們一共要買十二張票，一個人不能買這麼多，所以派了個打手來和我一起買票。派來的是位二十來歲的女孩，一看就知是涉世不深，有點擔心遇到緊急情況會反應不及。拿到了號碼之後還有一、二小時才能買票，於是帶她先去吃早餐。早餐時，把演唱會場的大地圖先給她看，告訴她買票的一切策略，也指給她看要買哪裡的座位，這樣大家都可坐一起。

九點不到，一陣兵慌馬亂，她沒有跟緊，兩人失散了幾分鐘，不一會就排在不同的行列。就這麼一下，所有的計劃一切打亂。他們一個個的叫號碼，開了二個售票窗，一次只能一人上前買票，情況十分緊張，因為不知何時票會賣完？買到票的人都高興的尖叫，更叫我們排隊的驚慌不已，怕票賣完。好不容易排到我，我也買到了我要的八個位子，便在一旁等那個妹妹。沒想到排隊警察在那兒疏散，說不可以在此逗留，於是我大叫告訴她我買到了什麼位子，要她一定要買附近的票，這麼一來排隊警察趕我趕得更急，不知我胡蘆裡賣什麼藥？

我被趕到一旁等候，那個妹妹才出來，我一看她的票，一陣暈眩，天地變色，氣得跳腳，但也不能對她發火。她拿的票，在天上一樣高，邊到快到後台，真的叫遠在天邊，這種票也能賣，真是沒良心！看她是個孩子，就這麼忽悠她，真的是叫我氣到不行。她也買了八張票，好吧！既然來了，不怕多買，自然還有人會要看。十六張票，八張八張相隔十萬八千里，八張好位、八張爛位，怎麼辦？想想算了，讓主辦人與他的朋友拿好票吧！受人之託，忠人之事。我和自己的一批朋友坐爛位，雖然事後有人對我不滿，自己債自己還，再說吧！

到了娜姐演唱會那天，大家都興奮不已，覺得此生有幸，能親眼見到她，活生生的在我們面前表演，是一件十分酷的事情。一行人，早早就進城，先請了我這位勞苦功高的買票人，吃了一頓美味佳餚。演唱會八點開始，我們七點就進入會場。想想擠進去之後找座位、上廁所，東逛逛、西瞧瞧，再買點紀念品，時間就差不多了。結果這一坐，就是足足等了二個半小時。等的時候大家焦慮心慌，以為她不來了！我們也不敢上廁所，怕她隨時出現。坐在我旁邊的芳說：「為什麼大家都這麼有耐性？也無人吵鬧？」大約十點之後，會場才陸續坐滿。我問了前排觀眾，為什麼現在才來？她說娜姐表演遲到是眾所周知，不遲個兩、三小時是不會開始的。

十點半了，這位姑奶奶總算駕到。上了場那可真是沒話說，火花四射，舞台上下移動，她老人家穿著五吋高跟鞋，跳上跳下，還一邊唱歌，一點喘息聲也沒有。接著就是吊鋼絲、走鋼索、打功夫、翻斛斗，還是邊唱著歌。我真的是服了她！就這樣一刻也不休息，沒有中場，唱足兩個半小時，毫無偷工減料，觀眾大呼過癮，嘆為觀止，值回票價，全場帶入最高境界。我們雖然坐的很邊，看不到正面，但距離舞台很近，所以倒也清楚，物超所值。

做一個成功的藝人不容易，一開始大家都很氣憤，她怎麼如此霸道！遲到這樣久，連個抱歉也不說，坐得我們屁股都痛了。但看到她舞台上苦心經營的結果，是那樣的精彩，大家看的目瞪口呆，都自然的原諒她了。

演唱會一直快到清晨一點才結束，會場觀眾大批人馬都趕著回家，說像逃難，一點也不誇張。會場大門有如牛群擠出柵欄，大家一陣廝殺，衝過馬路，慢下腳步。忽見前方，萬頭攢動，擠成一團，像似蒼蠅遇到了麥牙糖。原來是一個老黑在賣娜姐演唱會T恤，才十元美金，我也去瞧瞧。拿了一件正在看大小，一陣騷動，逃的逃，跑的跑。原來是警察抓賣T恤的，和台灣抓地攤一模一樣。我呆站在原地，手拿著T恤，四週無人，老黑跑了，同行朋友也往前行。想了想，老黑冒險做生意，這一攤可能全部被沒收，我得回去找老黑。

對著朋友們大叫交待一聲，我便回頭找老黑。烏漆嘛黑找老黑，真的是有病！我東跑西跑，鬼叫鬼叫，皇天不負苦心人，總算把老黑找到，塞了十元在他手心說，「這是你的錢！」我就往回跑，因為我也怕被警察抓。想想哇，今天真是玩全套的！

娜姐和麥可傑克遜是同年出生，兩人都是技高一等，可惜麥可已過世，娜姐一把年齡仍為舞台生命奮戰不已。記得不久前曾讀過一篇報導，歐洲某國的一個大學內有 Madonna 科系，專門研究Madonna的思想、行為、言論及生活方式。

看她如此年紀，仍舊唱做俱佳，老當益壯，真的是有兩把刷子，令人佩服。所以寒風細雨的排隊，和座位上二、三個小時的等待還是值得的，這輩子要等她再巡迴一次，恐怕不容易！只是我自己也老大不小，幾個小時排隊排下來，我憋尿憋到不行，也沒人可以接手，要我再來一次恐怕也不容易！

打鼓老師的女兒

我的第一位打鼓老師是個老美白人，他從十五歲就開始致力於打擊樂器，打了一輩子的鼓，五十幾個年頭就這麼的過去。曾經參與不知道多少個樂團，也全美的巡迴演出，最後在拉斯維加斯紮根打鼓了幾十年。除了在舞台上表演打鼓，另外也收學生，鼓藝超群自然不在話下。每次與他上課，他會用ＤＶＤ把他的教學重點，以及我學鼓的過程錄下來給我，讓我回家自己看。他對打鼓的熱情，沒有因為他的年齡逐漸老化，而稍有一分一毫的減少。

我向他買了一套十分珍貴及漂亮的鼓，放在我的辦公室，下班後練習，樂隊也用我的場地來做排練。這樣的日子過了兩年，有一天房東來信說，有別的房客嫌我們太吵，即便是下班之後，樂隊也不可以在辦公室練習。於是我不得不找一個新的地方，放置我這套漂亮的鼓。我的家裡是不可能放這套鼓的，因為住家鄰居更不能接受鼓聲，所以在家裡擺的是電子鼓，可以插上耳機，自己在家裡練習，就不會招到鄰居嫌棄。打鼓的人真可憐，都是過街的老鼠。老師的家裡則是將車庫完全用隔音設備架好，裡面各式各樣的打擊樂器都有，可以在裡面大聲用力的打，而不會騷擾到鄰居。

因為要移鼓，所以才與這位老師聯絡，鼓被我表演的時候搬來搬去，每搬一次就掉了螺絲、少了零件。這次決定搬到教會的大堂，漂漂亮亮地將鼓擺在正堂，而且英文堂的鼓手可以使用，一舉兩得。鼓被我七七八八的拼湊，請老師來了做最後檢查。他不但把我失去的螺絲全部補上，而且把我的鼓皮重新調整，使聲音變得更清脆悅耳。他在教會的大堂內試鼓，由於教會的高天花板，聲音震撼驚人，真是好聽極了！這次難得相聚，他告訴我一個最近發生的故事，他說：「Lily，我有一個女兒，你知道嗎？」

他慢慢述說，有一天有一個女孩從波士頓打電話來，說她是他的女兒，要幫他買一張機票到波士頓與她相認。他想想已經退休閒來無事，去波士頓逛逛也不錯，而且還是免費的。就這麼糊里糊塗地去了，他說這個女兒跟他長的真的是有點像，可是比他聰明。哈佛畢業，現在在一家公司做高級主管，賺了很多的錢。對他非常的孝順，噓寒問暖，帶他吃，帶他玩。而且說過節的時候要再買機票，請他到她們家一起共度佳節。

他說他白吃白玩，心裡有點不安。於是對女兒說，他真的很幸運，在已經坐六望七的時候，竟然有一個這麼好的女兒出現。雖然什麼都是免費，但是他還是想確定一下，做一個DNA的檢驗，這樣他才能心安。女兒滿口答應，於是兩個人就去了醫院的實驗室驗口水，做了DNA的驗明正身。檢驗報告回來是，百分之九十九點八的成分這是他的親骨肉。他高興得老淚縱橫，沒有想到年輕時候的一夜情，得到了一個這麼好的女兒。漂亮、乖巧、又有上進心，對他十分的孝順，他覺得這是他老來的福氣，上帝派來的天使。他不停反覆的對我說：「Lily，我有一個女兒耶！」

好久不見老師，難得大家相聚，帶來這麼好的消息，心裡真是為他高興。從此他便不再是孤獨一人，只能與鼓為伍。老來能夠有家人同聚，這真是老年人最大的福氣。

氣血

前幾天閃到腰，以為過兩天就好，不料愈演愈烈。屋漏偏逢連夜雨，不但日夜加班，就連感恩假期也不放過。上身撐不住，桌子下面放個小板凳撐著，繼續打拚。好死不死，就在這時週末又得上交通學校Traffic School，最近經濟不好，警察拚命開罰單，Traffic School 大發利市。在高級酒店人山人海，活像開Convention。只是房間擠的密密麻麻，連桌子都沒有，每人一把小椅子，就這麼坐了八小時。別說背不好的人，就是背好的人也會把背坐壞，真的活受罪、折磨人。老師說下課休息五分鐘，不可以遲到，立即要回來。我望著遙遠的廁所，我轉身立正都困難，我五分鐘回得來嗎？

插花同學為我請了位大夫，我問他，我的問題出在哪裡？他說出在氣血不通。什麼是氣血？為什麼會不通？他說人靠氣血養，氣行血行，氣滯血瘀。氣血足並運行通暢，就健康長壽。而不通是因為長期工作勞累、壓力過大、情緒不穩、運動不足或過量、飲食不正常、睡眠不足等等因素。接著問，我以前學過氣功，我再練練是不是就可氣血運行？不，此氣非彼氣。

記得有一次看電視，有一個地方叫做止痛中心，許多人到那裡去治療止痛。他們用各種不同的方法及運動教人如何治療止痛，可是有一個人實在是受不了痛苦的折磨，最後痛到決定自殺。

早上天亮，望著天花板，不知今天是如何下床？滾下去的嗎？還是咬著牙、流著淚，一寸寸的移動？背痛時牙都不能刷、臉都洗不了，平常最簡單的動作，現在變得千難萬難。看著褲子，不知如何穿上身？襪子穿上才一半，一陣閃電般的刺痛，頭暈目眩，怎麼如此誇張？望看樓梯，這腳一出，不知是滑下或是閃到那裡？往下爬，一步步扯心撕肺的痛。背撐不住的時候用手、用腳、用胳臂、用膝蓋使力，直到聽見嘎吱聲，該不是某處的關節斷裂？所有的東西都是這樣的遙不可及，茶壺拿不動，牛奶構不到，不小心一個東西掉地上，左量右量，慢慢下蹲之後，再加上筷子才夾得到，這是什麼孽障？打個噴嚏更是如臨大敵：先馬步站穩，兩手抓住牆壁，一個噴嚏下來，是否粉身碎骨？還能保命？想想我的最愛：爬山、打球，都已遙不可及。

止痛藥兩顆、兩顆的吃，狗皮膏藥貼的滿背，直至皮膚紅腫、發癢、潰爛，也不見好轉。大夫說要喝薑水暖身，好不容易爬上了車，開到市場，停車場滿滿的，得停到另一頭。我下得來，走得到嗎？繞了一圈，還是回家。家裡的髒衣服堆積如山，怎麼把它搬下樓？花瓶裡的花早就謝了，我怎麼把它拿到水槽去換新、重插？今天到底能做什麼？

背痛是因為氣血不順？氣血到底是什麼？氣血是我的命脈、是我的幸福？有了它，我便可行動自如、又唱又跳、面色紅潤、燦若桃花、光彩照人，像一個新造的人。門口有人按鈴，慢慢爬到門口的時候，已空無一人。是氣血嗎？我要我的氣血！

奇蹟

和立寧爬山的次數早已算不清楚，只記得他五十出頭，身材健壯，健步如飛，身上沒有一塊贅肉，再難的登山路徑也難不倒他。

去年年底突然登山隊員紛紛爭相走告，說是立寧住院，我怎麼也無法把他的名字和醫院聯想在一起。據說一個再正常不過的傍晚，他吃完晚餐，坐在客廳看電視，腦袋就這麼爆開了，血流如注。接下來就是將近一個月的時間，毫無反應的躺在加護病房。

那一段時間，我偏偏背痛到開車、上下車都困難。只是每幾天都收到登山好友的email，告知立寧的近況，進展都十分渺然。三星期後的一天，背痛好點，總算可以來看立寧，但被拒於門外，我在加護病房外的大鐵門等了一個鐘頭，總算讓我進去。

進去之前，不知道我會見到的景象，他是否仍在沈睡之中？如果是醒的，又怕立寧認不出我來。我的運氣很好，進入病房時，立寧是醒的。我問他知道我是誰嗎？他笑著說：我知道，你是上電視的，還會打功夫。然後問我說不是要去巴士團bus tour，怎麼還沒走呢？

護士知道我是他登山的朋友之後，問了他很多登山的問題，以及哪一條路線是他最喜歡的？他都一一作答，腦筋十分清楚。

立寧太太Shirley娓娓道來這一路發生的經過。立寧腦中有一個瘤，連他自己都不知道，那一天這瘤就炸開了，血流滿地。她嚇得不知所措，打電話給九一一，幸好救護車五分鐘就到了，把立寧帶到醫院，要不是動作快，立寧早就沒命。這幾個星期來，立寧一直昏迷不醒，也沒有什麼反應。Shirley 心理已做了最壞的打算，即便是醒來，也只有百分之二十的存活率，即使存活，也可能是植物人，並且只有百分之五治好的機會。

待在病房，立寧頻頻地跟我說笑話。Shirley 說這真是個奇蹟！又說這都是爬山的功勞，因為他身體健壯才有辦法活過來，所以告訴我，一定要繼續爬山，不可以停！

還記得那一天，他還要求吃冰淇淋，這是這麼多天來他第一次吃東西，而且是自己吃。我當時為他拍了幾張照片以及錄影下來，立即寄給山友，分享這一份喜樂，他對著我的錄影說，下禮拜就來和我們爬山。

回到了車上，在醫院的停車場上我大哭一場。他是一個生命的戰士，讓我親眼見到人間奇蹟，真的是令人好感動！上星期六立寧和大伙兒一塊來爬山，有說有笑，氣色極佳，好像從來沒發生過什麼事一樣！我告訴他，你都好了，我的背都沒好！他笑著說，他本來也背痛，這次昏了幾個星期，倒是把他的背痛治好了。生裡來死裡去，這一位生命的戰士，人間的奇蹟，和他毫不放棄的眼神，又回原點，一同爬山。

新龜兔賽跑

很少有機會和舅媽聊天，我知道她是高手，她在再興中學做了多年的教務主任，桃李滿天下，名人學生也不少。最近常見到她上電視接受訪問，因為她曾是總統夫人周美青的導師。見到面少不了調侃她幾句，說她是大明星，她也十分謙虛，叫我別亂講。

我對舅媽心中一直敬佩，覺得她個頭雖小，可卻是個女強人，今天她要見我，送我禮物，可是我知道我一定是來取經的。沒想到我興奮過度，廢話特多，她只說了幾句，但這幾句話卻令人省思。

她說她曾聽過一場精彩的演講，話中說到新龜兔賽跑。大家都知道龜兔賽跑的故事，兔子睡著，烏龜贏了。大家都不知道它們還有第二次比賽。由於第一次兔子輸了，所以要求再賽，烏龜說好，我們這一次在水上比。結果雖然烏龜游得慢，可是兔子不會游，兔子又輸了。

兔子十分難過，自己每天蹦蹦跳跳，卻連隻烏龜都贏不了。烏龜說，我們再來比一次，這一次海陸都比，可是要互相幫忙。於是兔子背著烏龜跑過了草地，烏龜背著兔子游過了河流，兩人同時到達了終點，得到了雙贏的局面。

舅媽說這是一個新的龜兔賽跑的故事，世界每天都在進步，連龜兔都在進步，要多想想，雙贏可能比單贏更有利。

台北的午後人來人往，熙熙攘攘，過年期間好生熱鬧。我與久別的舅媽在台大對面校園書房邊的咖啡室聊天。小小的啟示，今生受用不盡。

閒雲野鶴

勞工節假期，我們一行四十多人前往位於矽谷以南七十五英哩的小鎮，赫里斯特的農場。除了參觀農場，也預約在此飽餐一頓。農場是由一對台灣來的夫婦經營，先生是唸台大畜牧系，太太是歷史系。擁有自己的農場一直是他們追求的夢想，曾在許多地方尋夢，包括台灣各處，最後跨海來到美國，總算在十七年前找到了他們心中的天堂。

農場主人個性熱情，在葡萄藤下細述農場歷史，以及如何開發這不毛之地。一片十畝之地，巧奪天工，經營十七年，先生養動物，太太種蔬果，另外還養魚。農場中的特色分別為：羊區、孔雀區、雞區、鵝區、鴨區、果樹區、玫瑰區、菜區、鳶尾蘭區，以及兩個養魚池。

養殖的動物可以出售，曾有過一個月賣到三百隻土雞。另外還有二百隻鵝、七十隻羊。天鵝一隻可賣到一千兩百元，但是一隻羊每日約花費五元的飼料，而一隻羊得養兩年，也只能賣到三百元。所以不是養什麼都賺錢。除此之外，也有其他動物的侵害。地鼠一年可吃掉十棵玫瑰，老鷹會來抓小雞，而且只吃雞，因為老鷹一來雞就四散奔逃，而鴨和鵝是聚集在一起，所以老鷹不敢抓鴨與鵝。魚池內的魚也曾一度被飛鳥一夜抓光。

損失慘重之後，農場主人也想出對策，除了裝備捕鼠器之外，池塘邊也設立太陽能感應燈光，夜間飛鳥一近，燈光大亮，以保魚群。羊圈周圍也通電，以防夜襲。但是這也不是唯一的困境，水源供應不足是經營農場最大的問題，農場主人也親手動工做了滴水裝置，以供需求。

另外他們自釀葡萄酒、李子酒以及梅子酒，除了品嚐之外，我們也可購買。在這十畝地中，他倆開發了十年，每年一畝，每天要和動物及植物說話，每個月可吃不同的東西。九月分吃鵝，要來嗎？。

故事說都說不完，大家聽的津津有味，各家對於種植的問題也一大堆，他答都答不完。他說種果樹要種三棵，一棵鳥吃，一棵松鼠吃，一棵人吃。一草一木一欄柵，都是農場主人親自動手。鬼斧神工，若不是喜歡，相信誰也做不了。光是夏日走走，我們個個肚子餓得要暈倒。望著無邊的農場，我們覺得像勞動改造，農場主人樂此不疲。

女主人親手為我們做了一頓有機佳餚，葡萄架下吃午餐，菜單如下：

金蓮花香椿豆腐　　蘋果沙拉
李醬小排　　醉雞
夏瓜糯米飯　　農家果汁烤肉
煮玉米　　酸菜麵
農家水果優格

南瓜糯米飯裡面有自製的鹹鴨蛋，另加自釀水果酒，有吃有喝，葡萄藤下笑聽不斷。我們酒足飯飽後，個個動彈不得，只想睡午覺。看樣子這十畝地，送給我們也無福消受。而農場的兩位，視此為天上僅有地下無雙，每日享受著閒雲野鶴的農家生活。回到矽谷，我洗去一身塵土，橫著、豎著、躺著，怎麼舒服怎麼過。真是一樣米飼百樣人，各有各的想法，各有各的生活方式。

茶葉先生的菜園

茶葉先生開了一個網上菜圃園藝的網站，生意興隆，不到幾個月就有幾千位會員加入。原本問我要不要參加，我立即就覺得又要加一個手機的聊天室，受不了。我每天無緣無故被加入到了許多手機上的聊天室，叮叮咚咚的，經常吵得我晚上睡不著覺。後來他拿電腦給我看，原來是臉書上面的一個菜圃園藝分享。怪怪隆的咚，有些人的菜園簡直就是皇家大院，收成的蔬可以打垮農夫市場！

加入了這個分享世界，每天都可以看到大家的收成，成員們也可以把自己的菜圃、果園，和他們園藝經驗在此交流。裡面有菜圃、有水果、有蔬菜、有花卉、還有家禽養殖，各式各樣的農業園藝。有什麼疑難雜症：子長不大，花開不美或者被蟲子爬，大家都會在此互相幫忙，解答問題。甚至於在是什麼時候施什麼肥？如何剪枝？應該用哪一種土壤？每一個人都像一個精確幹練的園藝師，逐一做答。如果有什麼新鮮蔬果得意收成，也會在網上傳出照片讓大家提供參考，就像一本活字典。閒暇時候還舉行園藝活動互相認識溝通，甚至交換種子及成果，還附送蚯蚓！

我沒有綠手指，種什麼死什麼。記得有一次去 Home Depot 買植物，園丁店員來問我想買些什麼？我說我出去旅行一趟，麻煩鄰居澆水，回來所有的花都死了。那園丁告訴我：「是啊！我知道，這種壞鄰居我們這裡多得很。」我自己被他講的都不好意思了，自己種不出東西來，怪到鄰居身上。

自從加入了這個社團，我也開始放照片到網上，一放上去總會有人告訴我一些意見，該修接剪枝，或是應該加酸性、鹼性的肥料，或是疏鬆土壤，勤於澆水，熱心非凡。對我這不起眼的小庭院，現在花園也有綠意，也有果實出來。每天還有一些新鮮蔬菜可吃，吃到自己種的菜，感覺真是不一樣。

現在正是炎熱的夏天，個個樹上開花的開花、結果的結果。當然園藝社已為大家做下一步的打算。就是如何收集種子，準備冬天的菜圃，育苗助長，計畫明年有個美麗的收成。有了這個園地，以後我就可以少上市場去買菜，多吃吃自己的成果，有機、養生、健康又有成就感。

山明水秀

我們一行二十四人，自認是矽谷農夫，在自家後院都小有一片天地。秋高氣爽的走入山區，翻山越嶺。有人在車上，要吐不吐的，來到了群山環繞、遠離塵囂的秀明自然農場。此一農場二〇〇三年開展，佔地二十五英畝，目前只開發十英畝。這一類的農場是提倡一切用自然農耕法，不用化學肥料、有機物質或任何添加物。一切源於自然，回歸自然，這是有機農耕法的更上一層樓。

自然農耕法認為，現代糧食系統已經破壞了人類對自然的系統，自然農業養殖是糾正及回到原始與自然界的關係。大自然已經擁有一切，它需要生存。所以自然農學家避開化學品、雜交種子、肥料和其他添加劑，以自然系統保持植物和土壤的癒合力及自然生存能力，仔細觀察植物、土壤和昆蟲，了解他們是如何相互作用。

在此有 CSA program，也就是蔬菜箱宅配，自然農場員工將當天摘採的新鮮蔬菜洗淨，然後分箱、送貨。山下的客人可以吃到當日最新鮮的蔬菜。農夫市場也可以買到他們的收成，每星期更送飯到附近學校，學生有營養午餐可吃，還有烹飪課程教授，材料都是由農場採摘而來。這裡有兩間由他們自已蓋的松木廁所，十分精緻，有點像美人蒸汽浴的浴室。大門也是用紅木自建，十分有創意。

我們各自帶了午餐及餐盤和大伙兒一塊兒分享，他們也做了一大盆新鮮沙拉送給我們。午餐豐盛得不得了，絕活兒亮相，除了大家菜園自種、自製的佳餚，也有人扛了悶燒鍋，做了一鍋「蘋果雞湯」，自家種的蘋果，雞湯內有一種甜甜的糖味，超好喝。

另外也有自釀李子酒，喝到不醉不歸。最後竟然「台灣芭樂」上場，真的和台灣傳統市場賣的味道一模一樣。咬下去，喀嚓一聲，今天採的，而且是自家種的！問了半天，據說是芭樂籽卡在牙齒縫，不小心帶來美國，細心照顧之下，現在已成大樹，每年都結好多芭樂。我們坐在紅木林旁的木椿子上，吃吃喝喝，酒足飯飽，活像山中獵戶，最後還吃不了兜著走，帶走的比帶來的還多。

我們在這品嚐了直接從莖上摘下來的草莓及蕃茄，口感清甜而不膩。叫我想起上個月去巴爾幹半島旅遊，那裡的農作物也是不添加化學肥料，水果都仍然有它自然的清甜酸，不像打了甜針一般。

在農場的土地上有一處泉水，他們跟著一隻地鼠找到的，從此泉水源源不斷，便用泉水灌溉。上天供應的新鮮土壤，能夠足夠供應此地的生長，種子生生不息的長，蔬菜一年到底的收成。再以三明治方式堆肥，一層泥土，一層枯枝葉片，加上稻草保溼。想想最近新聞上的「餿水油」，和此地的理念完全想反，真是世界有善有惡。

我們在一處印地安土著堆積石塊的地方，四種不同顏色的石頭，代表著感謝天地所賜的水、火、土、空氣的象徵。石堆邊，大家手牽著手，圍一個大圈，唱著「高山青」。這裡沒有基因改造、化學物質、污染資源。一切來自大地，回歸大地，如此的自然，如此的清新，令人心曠神怡。我們大聲的唱，用力的跳，做一天快樂的摩登原始人。

駱駝的心思

已經是十多年前的事了，到新疆、絲路去旅遊，路經戈壁大沙漠，來到了鳴沙山月牙泉。還記得到達目的地的時候，坐著長程巴士暈暈糊糊的到了一個大宅門口，兩扇大木門打開，我眼睛眨巴眨巴的看，這是真的？還是一幅畫？如詩般的沙丘，流線型一凸一凹的就在我的面前。跨進了大門檻，眼前是幾百隻駱駝站著、趴著、歇息者。每一隻駱駝身旁都有一個主人，男的、女的、老的、少的，細心的照顧著他們的駱駝。

我們每人分配一隻駱駝，預備登上鳴沙山。駱駝眼睛大大，眼睫毛長長、深情的望著，低著頭慢慢地走，我不知道牠在想些什麼？或者什麼也沒想。主人們牽著駱駝來的時候，都是拿著一根繩子，繩子的另一頭是一個環，這環穿過駱駝的鼻孔。我注意到有一隻駱駝，一直不讓人去觸碰它的韁繩，只要人一接近，它就哇哇大叫，我走近仔細一瞧，因為鼻環長期的穿入鼻孔，已經流膿。我告訴一位團友，他好心跑過去要摸摸牠，笨手笨腳踩到韁繩，駱駝更是痛得哇哇大叫。我當時難過得不得了，駱駝不會說人話，牠的主人知道牠的傷口嗎？

駱駝大隊帶著我們走上走下，欣賞沙漠美景，我們也學新疆美女頭戴紗巾，十分大漠風情味。漫漫黃沙閃閃發亮，一片寂靜，發思古之幽情。除了風聲，上不著天，下不著地，只有古道斜陽伴著細沙，沒有止盡的旅程。下山時我告訴自己，一定要找到這隻駱駝的主人，告訴他駱駝的鼻孔受傷了，可能很痛。當駱駝隊下山，離駱駝休息站還很遠的地方，駱駝便開始邊跑邊叫，就像小孩放學回家時，背書包衝進家門找媽媽的樣子。看到主人我告訴她，這隻駱駝真有靈性，牠認得妳，也知道回來找妳，馬上要和妳相聚。駱駝的主人是個婦人，她說牠就像她的孩子一樣，愛著牠、抱著牠。當然我也提醒她駱駝的鼻子，她說她知道，會好的。

絲路上有名的是敦煌古穴、和田古玉、羊脂玉、烤全羊、吐魯番、葡萄溝、坎兒井，張騫通西域。天蒼蒼、野茫茫，我唯獨不能忘記的，就是這隻有靈性的駱駝。自古以來駱駝客如同鏢局鏢客，利用駱駝千山萬水的通過戈壁大沙漠運輸載貨、馱運騎乘。沙漠上的屍骨無數，白天有土匪，晚上有野狼，有時還會遇到沙塵暴。傳說中，駱駝客最忌諱就是問時間，何時到達目的地，因為駱駝客的路是沒有盡頭的。弓上樘的駱駝客，比西部牛仔還帥氣。金沙般的大沙漠，每天有無數一步一腳印的駱駝足跡，晚上風沙一吹，第二天金色的沙丘又排列的順暢整齊，像是隨時等著人來拍照，望著美麗的沙丘和駱駝的迷思，難怪三毛如此迷戀撒哈拉大沙漠。

夢到駝隊駝群踏實的駝鈴聲，那首小軒的詞：

攀登高峰望故鄉　黃沙萬里長
何處傳來駝鈴聲　聲聲敲心坎
盼望踏上思念路　飛縱千里山
天邊歸雁披殘霞　鄉關在何方

那隻駱駝的傷勢好一點了嗎？是不是仍舊在鳴沙山每日上上下下的載客？

更上一層樓

有人說考試是一個過程，但這過程真的是一件十分令人痛苦的事，而且難度隨年齡等比級數的上升。用功念書不夠，還需要考運，我的考運一向不好，考前猜題永遠都猜不中，苦讀之後也是事倍功半，十分辛苦。十四歲的時候移民來美國，直接上美國高中，十分慶幸躲過台灣的大學聯考，逃過人生一劫，做了拒絕聯考的小子，深以為慶幸，沒想到好戲在後頭。在生命中某些東西似乎早已註定，前半輩子該做沒做的事，後半輩子得全都給補上。

大學時唸的電腦系，以為畢業後就此平步青雲，寫程式過日子，一生不愁了。沒想到做軟體不是這麼好混的，沒事出來一套新的軟體，又要學習，又要考試，還要上實驗室，每堂課要拿到證書才能算數，而且各式各樣軟體層出不窮，沒完沒了，一山還比一山高。

年過四十在電腦公司都算是老人，公司不賺錢，裁員的裁員，請走的請走，撤職的撤職，還取個英文名字叫做 Surplus。其實四十歲還算年輕，準備改變跑道重新再出發，選的新跑道是投資理財。因為想想公司請工程師，一定都請年輕的，而學財務，都是愈老愈吃香，不料這一行真是大江一去不復返，苦海無邊，唯勤是岸，沒有回頭路，只能向前行。除了考執照，另外有連續課程，年年考；產品課程，月月考。每天更上一層樓，除了每日得看新聞時事、政治經濟，當然還有股票市場。那一家公司被告，那一個國家總理下台，都要明瞭，因為都會影響股票市場。好戲就這麼一幕幕的上場。

年紀越大腦筋就越不清楚，讀了後面忘了前面，幾本像電話簿一樣的書，拿都拿不動。身體也不行，眼睛也看不清楚，讀書時間沒辦法太久，因為坐久了屁股痛、腰痛。於是便開始吃補品，養眼的、補腦的、增強抵抗力的，一樣不少，樣樣都來。原本想要開始吃素，但我也不敢百分之百吃素，因為聽說要有蛋白質才能長腦。要坐得久，又怕體力不夠，於是每天強迫自己一定要運動流汗。現在用的都是電子書、電子模擬考，看久了眼睛自然又看不清楚，讀幾個小時之後，就得到外面走走，看看綠樹藍天。推掉了許多好友的邀約、朋友聚餐，儘量在家拚命唸書，自己都覺得好像有一點自閉症。考期快到，要爭取百分之百的每一分鐘向前衝刺，加緊努力。秀才不出門，能知天下事，現在網路資訊豐富，世界大事一件也沒有錯過。

不喜歡考試實在是因為不會考前猜題，考試常常出的都是書本以外的東西。讀來讀去的讀不到這些，問題到底是從哪裡出來的？朋友告訴我要學會釣魚，也要懂得出題人的心裡。ＡＢＣＤ四個答案只有一個是正確的，其他三個都是餌，考官就是要你上當受騙，要猜好出題人的心理。記得有一次考商事法的執照，既然是法律，以為背就好，沒想到根本就不是那麼回事，書背的再好，模擬考還是無法通過。最後真的就是用朋友告訴我的方法，去想考官心裡的想法，順著他來，結果真的就通過考試。真的是處處陷阱，無奇不有。

回想起來這幾個月倒是生活正常，每日早睡早起不敢偷懶，早上一定有營養早餐，接著就是維他命A到Z，趁早上有力氣，先去運動，目的是要身體保證全身流汗，身強體壯，才能應付考試。書唸完了之後開始考模擬考，有個網上教授我可以隨時問問題。這樣有規律的日子過了幾個月，就算是考不上，身體養好了其實也不錯。

有時念書念得很煩，寫作是一個很好的逃脫，它把我帶到另外一個世界。我可能在天空鳥瞰環遊世界，去到我以前去過的地方，想我以前的舊朋友，或者是想想以後想去的地方。但是雲遊不能太久，要把心抓回來，歇息一會兒，寫一些小品，再繼續衝刺，所以愈痛苦的時候，文章產量反而增加。畢竟現在不像年輕時，有體力三天三夜不睡覺，死命讀書，拚它個你死我活！

衝刺呀，衝刺！化悲憤為力量，人生就是這麼的一關又一關。考期將近，希望考試通過，上帝啊！幫幫忙，希望一切順利。

龍的傳人

拜讀了〈滾回你的國家〉，又再讀〈別退讓，要力爭〉兩文。感嘆這種事情不止在我們這一代發生，也相同的在下一代出現。

幾年前偕同妹妹，還有女兒乘遊輪去墨西哥玩。當我們站在大廳排隊準備入關的時候，有一位穿著制服的女服務員，走到我的大女兒面前用嚴厲的眼光、命令的口吻，問她說：「你的綠卡在哪裡？」我這ＡＢＣ的女兒，當年大約十六歲，用疑惑的眼光看著我說：「媽咪，什麼是綠卡呀？」看著那位女服務員的表情與口氣，馬上就知道她認為我們是偷渡客。我便客氣的回答說，美國小孩哪裡懂得什麼叫做綠卡呢？接著便將她的美國護照亮給女服務員看，之後她看我們一眼便靜靜地離去。我再看女兒一眼，女兒打扮的精神氣爽、乾乾淨淨，一點也不像昨晚跳船、今晨游上岸的疲憊樣。為什麼會是她看中的目標？

時下的美國社會，東方女子坐上了公司總裁、坐上了大法官的位置、坐上了警察局局長、坐上了電視節目的主播、成了世界知名的大作家……，但是仍舊揮不去這張東方的臉孔。自從美國有歷史以來，東方人不是鐵路工人，便是在餐館做工，要麼就是開洗衣坊。如今美國人向中國人舉債借錢，債台高築，世界之冠。中資以百億錢進美國，在美國創造幾萬個全職工作機會。這一切的一切，似乎也抹殺不了黃色的面孔、黑色的頭髮、棕色的眼睛的種族情結。

那首歌是這麼唱的：

槍砲聲敲碎了寧靜的夜　四面楚歌是姑息的劍
多少年砲聲仍隆隆　多少年又是多少年

多少年了，人對人的砲聲都轟到在美國生、美國長的「龍的傳人」身上！孩子們懂什麼？我來美國以前以為林肯總統之後，美國早已沒有種族歧視這回事了，看樣子只要膚色不同，砲聲也難息。

老年學芭蕾

年過半百開始學跳芭蕾舞，聽起來似乎有點滑稽，一方面想完成兒時未完成的夢，另一方面聽說跳芭蕾舞對於四肢伸展、脊樑骨打直都有好處，於是便膽大妄為的去參加了芭蕾舞的課程。

老師是個年輕力壯的小伙子，全身都是肌肉，髮型也十分的特別，滿頭編著小辮子。課堂當中我不是最老的，大概有一半的人都是和我年齡相仿，年過半百。心想這些老太婆可以，我一定也行。上課的時候不用穿鞋，但是也不可以扶著平衡桿，老師的目的是要我們自己全面平衡。怪怪！這可不容易！才上了十幾分鐘，抽筋的抽筋、出汗的出汗，這比跳Zumba還要恐怖，一半的力氣都在想辦法把自己平衡，不東倒西歪。我們一個個拉長了脖子，伸展了雙臂，很希望自己像一隻美麗的天鵝，可是個個都像裝上了兩隻大大的雞翅膀。老師教我們只是芭蕾的基本動作，可是我們做起來真的是千難萬難、全身酸痛。常常課上到一半想放棄開溜，感謝這伙大娘朋友們都一起留下來，大家都不放棄。

看芭蕾舞表演不知道看了多少場，當然也很羨慕她們優雅的姿態。跳起天鵝湖，個個都像美麗的天鵝，挑燈夜戰不知道要花多少功夫？

這回兒學了幾個月下來，覺得背桿兒確實是打直了些，脖子也不像從前縮頭縮腦的樣子。太極裡面的虛靈頂勁、五指扒地全都用上，平衡感也好了許多。我覺得能跳芭蕾舞的姑娘可真是漂亮，如果誰的家中有女兒，我建議小時候讓她們學上一兩年的芭蕾舞課，從此她們的姿態宜人，漂亮一輩子，一生受用不盡。也不會和我們一樣，老來學舞如此辛苦。

衝浪回流

在美國什麼上天下地的運動都見過，可是都覺得離自己很遙遠。就拿衝浪來說，要是不會游泳根本不可能近身，若是沒有壯碩靈活的身體根本跳不上衝浪的板子，更者如果沒有藝高膽大的平衡感，更別想站在板子上面。一個大浪打來七暈八素，光是在電視上看看，眼睛都覺得累。

最近參加的健身俱樂部裡面，有一大堆奇奇怪怪見都沒見過的健身器材。看著課表上有一堂叫做Surfing的課，弄不明白這是什麼意思？不明就裡的就去試試：課堂上，老師每人都分配一組上課的器材，那真是如假包換的衝浪板，板下面有三個有如籃球般大小的塑膠球，球下面又有一塊大平板以及一些繩子，將球與衝浪板固定住。開始上課，老師一躍便跳在衝浪板上面，也要我們依樣畫葫蘆。怎麼一跳上去，東倒西歪，真的就是像在海浪上面一樣。接著做的一些動作：四肢平衡、單腳站立，或是現在最流行的平板操，以及各式各樣瑜珈動作，都在這衝浪板上面做。老師做起來有模有樣，看似容易，我則是心驚膽跳、戰戰兢兢、全身抖動，而且好像還有點暈船的感覺！汗粒有如黃豆般滴滴答答的落在板上，光是平衡就用掉我極大的力氣。全身的汗不停的流，而課才上了幾分鐘而已，真不知道這些汗是嚇出來的？還是我真的用了那麼大的力氣？幸好這一個堂課只有三十分鐘，搖搖擺擺的上完，下了衝浪板，要吐不吐的，想想這不過離地一呎就上得如此這般，到了海上不知道成了什麼樣子？

記得有一回看到一個電視廣告，一個家庭主婦在家很不情願的做家事，用電熨斗在熨衣板上熨衣服。可是她心中十分嚮往，希望能夠去衝浪。當一首海灘衝浪音樂由收音機放出，她猛一下的就跳上了熨衣板，隨著音樂搖擺，站在熨衣板上邊唱邊樂，好像就在大海上衝浪一樣。這一招我試了好多次，難度實在太高，根本不可能。

在海邊衝浪的老中本來就很少。現在健身房開了這個課，衝浪回流到地上，沒事可以去假想一下，浩瀚的大海我也來衝浪！

出來了沒有

幾位姐妹決定去太浩湖一遊，順便中秋賞月。大家分工合作。一位姐妹在山上有 Time Sharing 的度假別墅，另一位負責安排玩樂行程，一位負責記帳，一位會茶道的姐妹負責帶茶具及泡茶，而我的工作則是租車、找路以及輪流駕駛。

由於我是負責租車，所以前一天就得把車租到手。我早已預約租車公司來做接送服務，可是左等不來、右等也不來。我急著打電話去詢問：「出來了沒有？」他們忙到連接電話的人都沒有，當然沒有人會來接我。我立即做緊急措施，找同行的姐妹來接我去租車行，這才順利拿到車。

第二天大家約好十點鐘在一位姐妹家門口集合出發，九點五十九分我的手機響個不停：「出來了沒有？」原來大家興奮到前一天晚上都沒有睡好，早已等不及了。行李上車，帶著月餅和一堆好吃的零食，我們一行人便開車上山。

上了山，藍天白雲、風和日麗、山明水秀，像到了世外桃源，一切都是那麼的美好。白天爬山、遊湖、拍照、瞎拼。晚上吃大餐看日落，夕陽無限好，只是近黃昏⋯⋯。過了三天快活的日子，大家面色凝重：「出來了沒有？」成為每日的問安詞語。好吃、好玩、不好消化，每天都吃了什麼下肚也不記得，只見肚子鼓的一天比一天大。再去景點，都是行動緩慢，腦滿腸肥，好像連腦筋都不能轉動。大家互相分享祕方，有人吃棗子，有人吃香蕉，有人喝白粉（天曉得是啥玩意兒？），有人喝苦瓜茶。好像在這山上一切堵塞，只有隱形眼鏡水或乳液，一開蓋子便像濆泉似沖出。平日山下就不順暢者，更為難受。

旅遊最後一日是中秋節，我們在太浩湖西邊的一家餐廳預約吃晚餐。因為那一家有 Full Moon Party，還有樂隊整晚現場演奏。吃著、聽著，月亮就由東方的地平線緩緩上升。由於氣溫合宜，大部分的人都在 deck 上吃晚餐。驚聲尖叫四起：「出來了！出來了！」，又圓、又大、又亮的明月，教人驚艷，全場只有我們這桌老中知道這是中秋明月。大家一輩子都沒有見過月亮升起，每次見到月亮都是早已高高掛在夜空中。更有人今天才知道，原來月亮是由東邊升起，一位老姐妹說：「我活了八十歲，也沒有見過這麼漂亮的月亮。」除了月亮，天邊夕陽的色彩也是每刻都在變化，水中倒影更是不在話下，湖水也是忽藍、忽綠、忽紫，美不勝收。相機卡啦、卡啦的照，就恨功能不夠多。

第二天一行人裝滿行囊，飽的更飽，互相關心：「出來了沒有？」不出來的還是不出來，真是堵爛，弄的大夥兒心情都不好。踏上歸途，腦袋遲緩，回到家中，希望能和又大、又圓的月亮一樣驚艷似的蹦出來。

舊金山免費日

眾姐妹常常在一起聚餐，聚久了也開始無聊，想往外面跑。有一位姐妹發現了舊金山博物館有免費日，網上一查，發現免費的還不只是博物館。有舊金山花園、惡魔島、水族館、漁人碼頭等等，多種多樣。

舊金山灣區的許多博物館都是世界有名，博物館的免費日都是排在每個月的第一個禮拜。星期二可以去的景點是最多的，星期三有，星期四也有，還有一些竟然是排在星期日，並且另有一些景點是完全免費，任何一天都可以去。看一看這個網站，有三十幾個地方可以去。如果真是依照免費的日期去，一兩年都看不完。

我們一行人便開始了這一項免費計劃，早上九點集合出發，開到舊金山市參觀博物館。博物館參觀完畢，再找一個最近爆紅的餐館飽餐一頓。如果有什麼可以逛街的地方，再去瞎拼一番，三點不到大家打道回府，不影響家庭生活。大家約好每個月去一個不同的博物館參觀，而且約定一定要穿新衣服。所謂的新衣服不是花錢去買新衣服，而是在櫃子裡面找經常不見天日，而大家都沒有瞧見過的衣服拿出來穿。這樣一來有好吃、又有好玩、又有新衣服穿，而且還不花錢。這個計劃一點也沒有負擔，因為一個月才一次，基本上大家都排得出時間。輪流當司機，邊開車邊聊天，每一次試新的餐館，穿新衣服，開心的看博物館展示，讓日子添加了不少新意。

媽媽在身邊

前幾天在電視上看到一個節目，有一隻小鹿不小心掉入一間屋子的地下室。地下室內傳出小鹿的呼叫聲，母鹿就站在屋外回應著，不知叫了幾天屋主才發現。屋主夫婦戰戰兢兢的將地下室儲藏門打開，發現那落入地下室的小鹿，大概是貪玩在林中亂走，不小心掉入沒有關好門的地下儲藏室，母鹿無法下去，就站在門口等著回應，不離不棄。影片中看到那對夫婦將小鹿抱出來，它一顛一顛，愉快地和母鹿一起走回林中。

另外也看過一支非常短的網上影片，就是一隻小熊頑皮的在叢林中跑，不小心跑到高速公路上，跳過了高速公路邊的路障，可是跳不回來。母熊在高速公路的另外一頭也搆不著小熊，中間高高的路障分開了牠們，但是母熊沒有離開過。後來看到影片中拍出消防大隊用繩子及雲梯將小熊提到路障外面，母熊高高興興地帶著小熊離開，回到叢林。

也看過一段非常慘不忍睹的短片，拍攝地點是在非洲。非洲的動物很奇怪，無緣無故就會來一陣子的 Stampede，也就是所有的動物忽然用十分快的速度，朝同一個方向，踩踏狂奔。一隻母獅帶著一群小獅子，一個閃躲不及，一隻小獅子被踩到下半身。過後母獅回去找小獅子，小獅子還活著，可是下半身已被踩扁了。但是上半身好像渾然不知，想要站立起來往前走，而下半身卻是動不了。鏡頭拉近，照著母獅的眼睛流出眼淚，知道

小獅活不成了，咬了咬牙，回頭就離開。身後的小獅還哇哇的叫了一聲，可是母獅頭也不回的，含著眼淚死命的往前走。大概是想，這隻小獅子死定了，也救不了牠，而且牠還有一群小獅需要照顧，不得不壯士斷腕。

記得幾年前和幾家人一起去優勝美地遊玩，幾家人租了一個大房子，裡面很多房間。當時正逢母親來訪，於是我就在大房子旁邊又租了一個小房間。吃完晚飯過後，便與母親回到我們的房間，沒想到一開門卻看到門口的垃圾桶全都被打翻，每個垃圾桶裡都有個黑色毛茸茸的東西在動。天色昏暗，我仔細一看都是小熊，我想：完了！這麼多小熊，那麼母熊在哪裡？我往左邊一瞧，一隻好幾百磅的大灰熊，就離我六、七呎的距離，左晃右晃的預備隨時出招，看我們是不是會欺負小熊。我嚇得驚聲尖叫：「媽呀！」而且立即就躲在我媽的身後，母親因為晚上眼睛看不清楚，回答說：「叫什麼呀！不就是一條狗嗎？」回想當時已經四十幾歲的人，獨自在美闖蕩這麼多年，有媽在身邊，還是先叫媽，像老鷹捉小雞一樣的躲到母親身後。我對自己突如其來的反應，真是又好氣又好笑，平常覺得自己如此神勇，可以一口氣爬

到 Half Dome 的頂端，而在母親的身邊還只是一個小女孩。

母親在兒女心中，永遠有一個不會破滅的地位，遇到事情就是先找媽，人體的直接反應。而媽也就像小鹿、小熊、小獅的媽一樣，永遠守護在兒女的身旁。

今天不回家

「每逢佳節倍思親」，「少小離家老大回」；「慈母手中線，遊子身上衣」；親人家人，聚少離多，稀鬆平常，尤其是離鄉背井求學在外，年輕族為未來打拚出國奮鬥，落地生根，與父母從此分住異國。即便在美國本土，到了聖誕感恩季節，東奔西馳的與父母團聚，東西兩岸，全國奔忙。中國內地更是如此，逢年過節，火車、飛機等交通工具，一票難求，為的就是全家團圓。

自己已為人母，孩子們寒暑假返家，我老是埋怨孩子們只是行李回來，人是終日不見蹤影，似乎朋友比家人更重要。等到自己回鄉探母，自己也是深夜歸營，不玩到你死我活、不夠本不回家。就怕少吃到，少玩到，好日子馬上過完，又得回美國做牛做馬。

幾年前想到一個好主意，原本是為了和遠方的同學相聚。你來我家，我到你家，都會為一方添麻煩，又怕做主人的招待不周，所以兩家便選一個地方一起同遊，這樣不但得到相聚的效果，兩家大人、小孩也可共渡假期，共遊景區，皆大歡喜。

這幾年與家人也是如此，祖孫三代一同登上遊輪。孩子們在船上一個都跑不掉，每天一同吃飯，一同睡覺，一同下船共遊景點。平常工作繁忙，上了船，手機不會響，電腦不連線，都是百分之百的陪伴，完全的關

注力。與家人出國同遊了幾次，發現我們這一大家子，各式各樣的護照國籍還不少，走的通道關卡，填的表格也不同。都在入關前大解散，出關後大集合，真是同是一家人，不進一家門。就拿母親與她兩姐妹來說，有一回連我四人一起上櫃台繳護照，就有台灣護照、香港公民證、加拿大護照與美國護照，各路英雄，聚集一堂！

這種旅遊式相聚，現在也常聽到同學會、同鄉會、各類團體、社團也是如此辦理，這樣一來，事半功倍，相得益彰，大家相聚都全面開心。

以前的我，由於落地生根，大約平均五年才會回娘家一次。父親在三年前過世，母親一人居住，探望她的次數便增加。兄弟姐妹當中，我離她住的最遠，我也愛旅遊，於是每次在探望她時，選一個三、五天的旅遊景點一同出遊。一則母親不會待在家太無聊，二則三、五日遊不至於奔波勞累。

出了家門和家人共遊，比在家中相聚的凝聚力更強，像在一個時空靜止的隧道。不管國家大事，不顧股市上下，只有家人和我共渡良辰美景，分享美味佳餚，沒有俗事干擾。更尤其是鼓勵老人家多走走，多看看。回家回家，今天不回家！找個地方走走，和你心愛的家人四海為家！

卷二

明日的路程

北美之路

Half Dome 攻頂

想當年是二〇〇九年，登山大師召集大家爬優勝美地半圓頂 Yosemite Half Dome 攻頂，好友也頻頻催促。無奈當時公司剛剛給予升遷高職，除了每日上班十幾小時之外，我也想更上層樓再考一個執照。每個週末加緊找時間唸書都來不及了，哪有時間爬山？於是告知大師麻煩把一切路線資料留下，我擇日再去，心想如果好友爬得上，我大概也沒問題！

大師一行人四月開始訓練，六月爬山攻頂，我則是六月考完試才開始訓練，預備八月爬山。我一路照著大師的指示，在家附近 Rancho San Antonio 的後山 Black Mountain Trail 連續六周的爬上、爬下，想要完成計劃。無奈當時遇到右邊手臂麻痺的窘境，醫生說低頭族坐太久，脖子上的幾塊脊椎骨頭壓到神經，這都是在急速要考到執照時所犯下的錯，年紀大了不能再挑燈夜戰的讀書。想想爬山是用雙腿，又不用手，這有什麼關係？完全忘記了山頂上的登山索道，那要用雙手的拉力才上得去。

我找了一位身體好的朋友一同前去，至少萬一出了事有人收屍。成行時是八月底，日光時間已經是越來越短，再不走就走不成了。走的前一個晚上告知好友說一聲要上山了，好友老婆接的電話，大喊叫我不要去，

因為我的手傷還沒有復原。我知道我不能與她說太多的話，怕說多了會動搖我的意志，因為上得去上不去還是個未知數，匆匆的就掛了電話。我們星期六開車去，星期天爬，到了露營區Curry Village 知道當天有一百多人上山，在攻頂的登山索道上面的等待時間是一個多鐘頭。意思就是說，手要抓住纜索 Cable 懸等在那兒，有人因為耐不住性子不願等待，由索道外面往上走。大石頭只要潮濕就變得十分滑，像大理石一樣，星期六有一人就這麼滑下萬丈深淵，再也見不到他了。

星期六晚上住在 Curry Village，帳篷裡面看到幾隻小老鼠在那爬來爬去，我嚇得半死，把自己包得緊緊的，後來才知道這些都是要人命的老鼠。帳篷外則聽到有人用鍋、用鏟拚命地大聲製造噪音，我就知道是有熊在出沒，所以憋了一夜的尿也不敢出去上廁所。

星期天早上天還是黑的，約六點多鐘我們便開始出發，我因為怕背包太重，所以只帶了一片麵包、一個蘋果和一瓶水。我沒有帶登山棍，因為從好友寄來的照片都沒有看到他帶棍子，事後才知道，拍照時都把棍子藏起來了。一路上去原本問題都不大，但到了 Half Dome 山腳下距離一哩的地方我開始有了高山症，我吸不到氧氣，頭也開始發昏、想吐。當時真的寸步難行，但想想我已老大不小，再不上去這輩子恐怕來不了，要嘛就得重新訓練過再來一次，那也受不了，於是咬著牙繼續上山。我們十分幸運的選定在星期日上山，爬索道的時候只有十二個人，擠是一點都不擠，可是我右手麻痺的情況沒有完全復元，所以幾乎是單手拉，加上雙腳跳上去的。在攻頂的登山索道爬到一半，高山症加體力都受不了，但那時放棄功虧一簣，覺得實在可惜，不能回頭，於是拚了命的往上爬。遙遙無期的索道總算拉完，到了山頂那種高興的心情真是不可言喻，死而無憾。山頂上手機竟然還通，看到大家都在和親友打電話，上山容易下山難，好戲還在後頭呢！

下索道的時候是直線往下，看得腳都發軟，一不留神就會去見老祖宗。另外吃的、喝的、帶的也不夠，又渴又餓。下山時重力全在兩個膝蓋上，為了形象沒有帶登山棍，真是後悔不已。另外 Black Mountain Trail 是十二哩，而這裡是將近十八哩。六週訓練都只爬十二哩，後面的六哩是手軟、腳軟，怎麼也走不動。看著天漸漸漆黑，忽見四隻熊由我前面走過，我動都不動，連跑的力氣都沒有，心想再不往前走，我大概今天是死路一條。最後拖著疲憊要命的步伐硬是走回到了Curry Village，計算一下全程走了十八哩，費時十二多小時。

Half Dome 是加州最傲人的地標，有位朋友說，從 Curry Village 遠眺 Half Dome 她脖子都酸，更何況爬了？攻頂成功完全是靠意志力，而非全靠體力，這輩子一定要來一次，而且再也不來。有人如果說他曾攻頂過，一定要問他是幾歲來？年輕人上得來一點都不稀奇，我們這種老傢伙不要命的上來才真是夠看。在還走得動的時候，要不要也來試試呢？

逃出神祕死亡谷

其實在十五年前就已拜訪過死亡谷，它像一個海底世界浮出地面，在哪也看不到如此美麗的奇觀。無奈上一回玩的並不盡興，因為當時三歲的小女兒在此高燒三天不退。谷內也無醫院，送到拉斯維加斯的醫院時人已奄奄一息，轉入肺炎。我被醫生狠狠的臭罵了一頓，醫生說，打下這一針強力抗生素，不是活，就是死。抱著她昏睡的身軀，衝往機場飛回矽谷。她睡了二十二個小時，醒來吃了碗稀飯，在我面前又蹦又跳，嚇得我又驚又喜，從此對死亡谷敬而遠之。死亡谷的傳言非常多，其中不免當年開天闢地西部敞蓬車隊在此活活熱死冤魂之說，都有典故可尋。另外我們當時兩家八口踏出死亡谷後，回家個個都生病。

這一回，二度探訪死亡谷。我們一百多人乘二輛巴士進入谷內，第一天大部分在路上，自扮空姐服務大家，有人講笑話，大家輪流介紹自己及家人，再看兩部電影，時間也算好過些。第二天見到美麗的沙丘（Sand Dune），美女如雲互相拍照。漂亮的彩色石頭滿山滿谷，我們在山間徒步、登高，開心的不得了。走著走著，走到一半忽見團友撐在大石頭旁，不能動彈，也不能呼吸，痛苦萬分。就見隨行醫師立即使出渾身解數為他用原始點治療法，不停的點穴使力。其他人急得像熱鍋上的螞蟻，用按摩器不停的拍打。我看的都傻了，如此高大威猛的男士，平時的運動健將，現在怎麼動都動不了？而且連呼吸都困難。這荒山野嶺，前不著村後不著店，我們幾個女生抬也抬不動他。正在那兒待著，就聽有人大叫：「Lily，快來幫忙呀！妳不是會氣功嗎？給他發點功吧！」噯喲！看他那樣我哪敢碰他，萬一岔了氣，出了什麼事，我可擔待不起。所以無論大家如何嘶啦喊叫，我也不敢挨過身去，只敢在一旁，望、聞、問、切。連醫生也嚇壞了，聽說當晚就為這位男士治療了一晚，也沒什麼好轉的情況。

第三天清晨四點我突然全身發冷，接著就是一陣子上吐下瀉，輪番上陣，沒完沒了。我要室友到隔壁找領隊說我走不了了，能不能睡在旅館中午再來接我？領隊說不可能，車子不回頭，不一會兒就見他衝到我的房間，帶著導遊給的止吐藥。我當時是趴在地上無法站立，告訴他我連喝的水都吐出來了。他仍舊要我試試，結果那顆藥不到二十秒就噴出喉嚨，胃如絞痛，一痛就吐就拉，有如噴泉上下亂竄。

車子要開了，室友將我的行李先行運上車再來接我，這時領隊也來了說：走吧！我便開始往外爬，他說妳要我怎樣？揹你嗎？我等了等好像也沒什麼動靜。我猜他一定想，如果這一揹把腰搞壞了，他反而要被抬上車。接著就感覺胳臂下他倆一人一邊就把我架上遊覽車。這一架，兩車人都見到了，空中小姐怎麼一下花容失色、狼狽不堪？

我到車上痛得話不能講，眼都不能開，連我們的神醫都治不好我，她只是把我弄到痛得滿臉眼淚。眼見好友由B車跳車下來救我，也只捏得我哇哇亂叫。領隊的點穴也弄得我手掌發麻，血液不流通。還有人不停的用他的如來神掌為我發功運氣，不知是誰舒服了？這人叫我吃這個，那人叫我喝那個，我全一股腦的吐了出來，從來不知道我們車上有那麼多的蒙古大夫，個個都深藏絕世武功、傳家之寶、獨門偏方。

我大約吐了十幾次，也拉了十幾次，整車的塑膠袋全被我用光，兩車都有人為我禱告。我自己也不停的禱告和上帝妥協，不再亂吃東西，真的受到教訓快痛死我了。明天將是我的生日，我是不是活不到明天？真的要命喪死亡谷？領隊要如何收屍？火化嗎？真不好意思還要麻煩他。還是這是我的報應？因為我讓小女兒在此發燒差點送命，想想她當時三天的痛苦。如果這是現世報，我也甘願受。坐在我後面的同伴不停的為我計算陣痛頻率間隔時間，覺得好像快生了。有人上網為我找解藥，說是需要電解鹽，電解鹽是什麼？到哪裡去找？中午兩位朋友買了Gatorate給我，有人說這個最有用。喝了一瓶，吐了一瓶，再喝半瓶又再吐了兩次，大約到了四點陣痛總算停了。頭昏腦脹、昏天暗地的，大家要我下車走走，去上廁所。廁所隊伍老長老長，老友拉著我插隊，插隊往前衝到第一個，這是我前所未經歷的好事。也沒有人抗議，大家都高興見我活回來了。老友等著我出來，看著我洗手，一看鏡子我滿頭亂髮，我大叫一聲，我怎麼這個樣？她說，Lily，沒有關係！等一下我叫慈禧太后來給你梳頭，哦！

當晚幾位好友為我暖壽，唱了一首生日快樂歌，我滿臉病容但心中暖暖。第四天A車、B車都為我用國語、英文、台語、廣東話和Jazz唱法來為我慶生。車子駛出死亡谷，在第一個下車尿尿的地方，窗外我見到那位病倒的男士大步搶跑第一個奔向廁所。出來後，對著我們長長的隊伍眉飛色舞、談笑風生，展示他那雙五隻腳趾頭的高級運動鞋，蹦蹦跳跳。看到他好了，心中也為他高興，過不了的一刻，出了死亡谷就都過了。

我不是怪力亂神，也不是詛咒死亡谷，更不是鼓勵大家不要去死亡谷，美麗的地方大家都愛。我的感覺是：我們每人每天接觸到的細菌都不一樣，死亡谷因為地區低窪，生長繁殖存活的細菌也和地面上不同，很可能某種細菌和自己不能共存。加上我們翻山越嶺、舟車勞頓。另者，一百零八條好漢前後上廁所，出出入入摸到門把、椅背，沒處洗手。再共同分享食物，你一口，我一口，而讓細菌乘虛而入。畢竟現在不比年輕，兵敗如山倒，動都動不了。明年要請空中小姐多加一項服務，就是上完廁所記得擦抗菌洗手液 Hand Sanitizer。畢竟能和朋友一起吃、一起笑、一起看日出日落、一起在月光及繁星點點下唱歌的機會並不多。大家有難同當、同舟共濟、互相禱告祈福、發揮友愛精神。這不是一個普通的旅遊團，是相親相愛的旅遊團。

遊迪士尼

大女兒大學畢業，問她想要什麼禮物，竟然對我說要去迪士尼樂園，而且要和我一起去！哇！我以為她大學畢業了，我也已從迪士尼畢業了，怎麼還得再去？想想，好吧！這是永遠的回憶，熬熬就過了，免得欠她一輩子。

她們小的時候，我曾為去迪士尼下過一番功夫，來一趟不容易，父母請假、訂旅館、租車，入場券也不便宜。大的哭，小的叫，都是在排隊，有什麼意思？於是買了一本「如何最有效率的暢遊迪士尼樂園」的書。哇！結果這本武功祕笈跟隨了我許多年，省了許多排隊時間，時間就是金錢，而且也不會累到沒耐性、吵架，乘興而去，敗興而返。

這本書中最重要的一點就是「早起！早起！早起！」，早起的鳥兒有蟲吃，一定要走到別人前面。而一進入迪士尼樂園，不要見到什麼就坐什麼，一定要忍一忍，一路衝到最底，走到最受歡迎的Rides。由於大部分人不是尚未起床，或是尚未走到，通常是不用排隊，或是小站幾分鐘就可輪到！

接著就是以倒流方式一路往外玩，由於是逆行 against traffic，所以早晨都只需要很短的等待時間。到了下午，就是最可怕的時候，人潮洶湧，排隊排到幾個小時都有可能，所以這時千萬別排隊。去吃吃、逛逛、或者看表演，如果旅館就在附近，就乾脆回去睡覺，養精蓄銳，晚上再出發！

到了晚上，吃飽睡飽，就再進來看夜間精彩的show和煙火。看完煙火再往裡走，因為這是多數人回家的時候，大部分的Rides也是不用排隊，一路到底。尤其是童話故事部分的Rides幾乎是走進去就坐，因為小小孩們都回家了，這樣可以一直玩到午夜。

前幾年迪士尼出了一種快速通行證（Fastpass），打破傳統，不同戰略，增加了機智性及快捷性。只要時間配合得好，可以在更短的時間內坐到更多的Rides，因為 Fastpass 的排隊路線和平常的排隊路線不同，超短超快，我們曾經一口氣在手中握有三個不同的 Fastpass，而且都在指定的時間內坐到所有的 Rides。

這一次和兩個女兒來迪士尼，她倆不但把以前老母傳授的招術發揚光大，而且青出於藍。她們在 iPhone 上面下載了一種Ａｐｐ，隨時告訴你，哪一個 Ride的等待時間有多久。兩人拿著手機和地圖，再加上加持過的Fastpass，我們在下午一點半已把兩個樂園（迪士尼和加州探險樂園）所有主要的 Rides 都坐完了，而且開始無聊。一天下來要我們等最久的竟然是星巴客咖啡。女兒說，媽咪，我們真有效率，好像是在做事。說實在，這樣的玩法我也不知道對不對？我常聽人說，來迪士尼都是在排隊，一天下來只坐了五個Rides，不好玩又划不來。

迪士尼是美國的一項文化，多少家庭靠著它的卡通人物照顧小孩，電視、電影、玩具，沒有這些東西，多少母親連飯都做不了，多少父親也抓狂。認識了這些卡通人物，一家人到迪士尼渡假，也是生活上不可或缺的。迪士尼的遊玩手冊有一日遊、二日遊、三日遊的不同策略，某些Show可預先拿入場票，到時也是優先進場。不入虎穴焉得虎子，先做一點功課，玩得物超所值，有興趣試試我的方法嗎？

探監

探監可以是件新鮮的事，也可以是痛苦的事。住在舊金山灣區，金門大橋旁，有個著名的惡魔島（Alcatraz），每日有成千上萬、各國飛來的旅客來此一探究竟。這塊神祕的島嶼屬於美國國家公園服務處管轄，曾經是軍事監獄，後來變成聯邦監獄。由於維護費用太高，當時聯邦檢察總長 Robert Kennedy 下令關閉。因為算是公園，所以上這個島是不用門票的。不過要去島上就得搭船，船票附上島內的自助式語音導覽，我們在三十三號碼頭上船，距離不過一哩多，十幾分鐘就上了岸。

前往惡魔島的渡輪，因為是舊金山灣的內灣，風平浪靜。惡魔島內是一人一間房，有自己的洗手台以及馬桶，算是高級住宿，裡面清一色全是關男囚犯。而惡魔島有舊金山有名的霧氣，太平洋冰冷的海水成為了一道天然的圍牆，令囚犯無法逃脫。但是惡魔島最痛苦的則是，犯人們每天面對著無敵美景，近在咫尺，垂手可得，卻是無法接近。每日眼見天堂卻是住在地獄，自由分割了他們的世界，心靈上痛苦萬分，才是囚犯們每日最大的煎熬。

回想幾年前曾去綠島旅遊，去綠島的船隻要乘風破浪，不到一小時的海程，遊客都快吐翻過來。上了岸最重要的景點就是綠島監獄，監獄裡面囚房是大通倉，幾十個人的共住一間，而且還有上下鋪。綠島內曾經囚禁過女犯人，牢房內有許多蠟像人，走進去身歷其境，栩栩如生。由於綠島都是關重刑犯或是政治犯，所以某些牢房門口，還貼了許多非常有名的政治人物的名字，他們都在這裡蹲過。綠島又名「火燒島」，熱的不像話，五穀不生，夏天走在路上腳都會被烤熟。那裡有個紀念堂，牆上刻了一大堆名字，我以為是紀念抗日英雄之類的，走近一瞧，哇！是槍決名單以及白色恐怖時期受難者名單，裡面列出死刑、感訓、自首、無期徒刑、有期徒刑、交付軍法審判等等。綠島與惡魔島倒是有一點相同之處，那就是蓋監獄的都是犯人自己蓋給自己住。

我只去過監獄觀光過，沒有真正的探過監，聽過一個朋友說過在美國探監一事，十分好奇地問了他幾次。他去探監的監獄是關輕刑犯的，大多是「書生」型。想必是文字獄或是觸犯商事法之類的。去探監之前，探監者必需寫申請書，之後再身家調查，調查通過之後，方可上訪。探訪時，身上除了一把鑰匙之外，什麼也不准帶。也不能穿黑色、白色或卡其色的衣褲，因為那和獄卒制服的顏色類似，就連運動褲也不准。女生的裙子一定得長過膝蓋，否則不可進入。監管守門的人也是兇巴巴的，大呼小叫，態度惡劣。沒事不讓你在門口等候，要你站在國旗桿、烈日下等，等多久？等到他高興叫你，你才能進門見犯人，真的是閻王好惹，小鬼難纏。犯人探訪時間以點數計，週末用的點數較高，因探訪人數多，費的點數也相對的增加。監獄畢竟是個不自由的地方，日子小心翼翼的過，不要被逮到犯了什麼法都不知道，過著沒有尊嚴又不自由的日子。

戀戀紅岩　尋夢之旅

不知道什麼時候開始，一直喜歡石頭，紅色的石頭更是我的最愛。多年前的峽谷之旅 Canyon Tour 帶著紅沙回家，洗完衣服，襪子都是粉紅色的，不知道哪一天又可以再回去看看這些美麗的紅岩？羚羊彩穴更是尋夢人的終點站，什麼時候會去呢？去的時候光線好不好？能不能見到這麼美麗、五彩繽紛的彩穴？

橫跨四州五日巴士團終於成行，加州、內華達州、亞利桑那州及猶他州。第一站是加州的卡利哥鬼鎮（Calico Ghost Town, Yermo）。這個著名的鬼鎮，在一百多年前為一座盛產銀礦的小鎮，不過由於銀的價值崩跌，卡利哥的銀礦已經在一八九〇年停止開採。不過小鎮上仍然留下許多當時的建築，目前小鎮則以觀光為主，以西部荒漠鬼鎮為主題，鎮上有許多小店販賣紀念品。鬼鎮由於長期無人居住，沒有遭受人為破壞，建築物原有特色保存完整，因而對遊客有一定的吸引力，鬼鎮透過歷史旅遊的興起而獲得重生。卡利哥因其交通比較方便，很快被開發成為加州有名的鬼鎮旅遊。

這次旅遊導遊特別交代要買 Yaktrax，因為在雪地及冰上會路滑，所以穿上 Yaktrax 就有防滑裝置。第二天到猶他州的錫安國家公園（Zion National Park），大家一下車見到冰天雪地，馬上都套上 Yaktrax。老人家，摔不得。錫安國家公園的首要景點是錫安峽谷，長十五英里，半英里深，其紅色與黃褐色的 Navajo 沙岩被 Virgin River 北面支流所分割。我們沿著峽谷邊的小道前行，道旁小溪潺潺，冰凍瀑布，美景盡收眼簾。未到盡頭，有一個黃色大標誌，說明前面封山，因為已經全部結冰，我們便不得不原路返回。

其他著名特色有 Great White Throne、Checkerboard Mesa、Kolob Arch 與 Virgin River Narrows 等等，我們都逐一停留。此地有一個有名的徒步徑，叫做 Angels Landing，只有二．五哩，頂上風景可一眼望盡錫安峽谷，美不勝收。可是坡度極大，需要攀岩，地型險峻。今年已摔死了六個人，經年累月，摔死約二百多個人。大家都心癢癢的，想上去一瞧。無奈導遊站在入山口把關，一個也不准放行。

第三天到了猶他州西南部雄偉矗立雪中的布萊斯峽谷（Bryce Canyon National Park），我們叫它「美國兵馬俑」，歷史的巨石，紅白相間，像是被懲戒的遊魂，永遠站立於天地之間。其實布萊斯並非真正的峽谷，而是沿著高原東面，由侵蝕而成的巨大自然露天劇場。其獨特的地理結構稱為岩柱hoodoos，由風、河流裡的水與冰侵蝕和湖床的沉積岩組成。位於其內的紅色與橙色的岩石形成了奇特的自然景觀，因此被譽為天然石俑的殿堂。我們在雪中行走，暖暖的陽光打在每一個人的笑臉上，美景天成，流連忘返。

晚餐時間到了一個叫Kanab的小鎮吃牛仔餐，內有一個小型好萊塢博物館（Little Hollywood Museum）。我們一行人到了此地，有人扮牛仔、有人扮犯人、有人扮強盜、有人扮警察、也有人扮死人躺在棺材裡、這些五十歲的頑童好像在玩五歲的遊戲。騎馬打仗、警察捉賊什麼都來。真正的牛仔看著我們目瞪口呆，應該是來看他們表演的，一下子變成了大鬧好萊塢。

第四天是這次旅遊的重頭戲，我們一行人一大清早就由亞利桑那州的佩吉（Page）小鎮披星戴月的前往馬蹄灣（Horseshoe Bend）。到達馬蹄灣的時候太陽都還沒有出來。這是一個非常漂亮的小景點，可在崖邊欣賞著壯觀的景色，沒有任何欄杆，心驚膽跳很怕一不小心就失足摔了下去，所以大家都小心翼翼的貼著懸崖趴著照相。慢慢地太陽出來了，科羅拉多河（Colorado River）有藍色的倒影，大家都驚聲尖叫，開心得比賽，看誰照得最漂亮。

接下來我們便是去橫跨猶他州及亞利桑那州的鮑威爾湖LakePowell遊湖，這個湖是一個人工湖，科羅拉多河所流經格倫峽谷（Glen Canyon）建立起一個水壩攔水，於一九六三年完工開始儲水，這樣一來好像把水灌滿大峽谷一樣。我們就在這峽谷中遊湖流覽。如果說來到此地不遊湖是個遺憾，那麼沒有走到遊客服務中心商店的盡頭，買它的減價商品，那才是更大的遺憾。減價商品由四毛九至四．九九元不等，全是高檔便宜貨。馬路消息一傳出來之後萬人空巷，萬頭攢動，全都擠在商店的最後面，搶都來不及。大包小包拿著戰利品回到巴士上，有人好高興十元解決了全家的聖誕禮物。

最後一天的最後一個景點，也就是最精彩的地點——亞利桑那州的羚羊彩穴峽谷（Antelope Canyon），也是我這次來參加旅遊的主要目標，這麼多年嚮往已久的夢幻之地。我在很多年前便看到穴洞中的照片，常常想這大概是要用非常特殊的相機，才能夠拍到這個光線在牆上，五彩繽紛的顏色才能顯露出來。沒有想到來到這裡用iPhone拍照，也能把各種色彩拍出來！在這裡勸告各位不要在紀念品店買照像冊，因為他們印刷出來的絕對沒有你照相機裡面拍的好。

羚羊峽谷是北美最美麗的峽谷，它幽深、距離不長，但沿著山勢深切地下。這裡的地質構造是著名的紅砂岩，谷內岩石被山洪沖刷得如夢幻世界，因此又叫羚羊彩穴。羚羊峽谷的出口只有一人多寬，山洪從這裡以驚人的力量噴湧而出。而這裡的光線也千變萬化，只有正午很短的一段時間，陽光才能透過幾處間隙照到谷底。峽谷位於印第安人保護區，自然的奇幻美景是遊客們的「地下天堂」，但天堂需要印第安導遊的帶領才能入內。這不僅僅是為了自然和人文保護的需要，更是為了遊客的人身安全。就算是峽谷上方陽光燦爛，但是如果一場暴雨突然降臨，這狹窄的天堂瞬間就可能變成一處急流奔騰、絕無逃生可能的地獄。

羚羊彩穴其實是由河川穿越沙岩所切割出的奇景，由於沙岩富含許多礦物質，在有限的光線照明之下，呈現出豐富的橘黃、紅及紫的色彩，加上石頭被水沖蝕出柔美的曲線，身在其中彷彿到了奇石仙境。從入口處的

管理站到羚羊彩穴還有一段距離，必須由當地的嚮導帶領乘坐由卡車改裝的吉普車前往，沿路都是厚厚的沙地。團友像是坐入了運豬車，一路擠油渣，顛簸得不得了，巔到老骨頭都要散了。幾輛吉普車在沙漠中疾駛，很像保力達B廣告。

與知音好友，共遊冰山巨石，同車共患難、共享樂。從大自然中，可以找到心靈的慰藉。輕撫柔美的和風，溫煦的陽光，水木清華，天空蔚藍，巒巒紅岩，賞心悅目。美景重要、人更重要。

好山好水遊台灣

內洞森呼吸

「內洞」這個名字聽來就十分原始，頗有山頂洞人的感覺。朋友有一部老爺箱型車十分有用，大江南北駕著它跑，今日建議一訪內洞，瞧瞧原住民森林步道的吸引力。

一早帶著我們這些全無方向感的洋包子往烏來方向駛去，不消半個多小時途經青潭堰、小粗坑、直潭灞、燕子湖、翡翠水庫。一路上鳥語花香，滿山高大的油桐樹，飄落遍地像小螺旋槳似的白色紅心油桐花，也印證本地人稱它為五月雪。白鷺鷥在壩堤上佇立，壩堤的水轟隆隆洶湧的往下沖，牠一點也不驚慌，淡定得令人凝息神往。湖面倒映著山巒起伏，霧濛濛的一片如詩如畫，涼風習習吹來，沒想到台北近郊就有這麼美的地方！

車子沿著溪谷公路行駛，有時窄到只有一輛車身能過，山光水色，景象迷人。車往山上行，見到路旁許多溫泉招牌、美人湯字樣，這就是烏來可以喝的碳酸清泉的特色。沿路也有許多泰雅風味的名產小吃：烤山豬肉、過膝高的桂竹筍、炭烤麻糬……等。我們停在一處名叫「那魯灣」的溫泉渡假飯店用餐，面對著大玻璃，眼前就是長長的烏來瀑布。用餐期間還看到開往雲仙樂園的纜車，緩緩的往懸崖山頂上爬。我們點了人氣最旺，十足泰雅風味的幾道菜：馬告雞湯、鄉野炒珠蔥、炒山豬肉和福山當地的新鮮野菌。「馬告」是一種調味品，看起來像花椒，咬下去脆軟，中間有一種微辣麻甜的清香味。珠蔥則是看起來像蔥，口感脆性有點像韭菜，但不像韭菜是扁的，它則是玉潤珠圓秀珍蔥的俏模樣。山豬肉有如走地雞，口感有力、有嚼勁，有泰雅勇士的肌肉感。野菌花菇含水量十足，直挺挺的又香又脆，像是從山上剛採下來的。幾道簡單的山產卻出奇的好吃，原來原住民世世代代早已是大自然的美食家！唏哩呼嚕兩下子就盤底朝天。面對著瀑布磅礴的銀鍊，錯落於溪谷深淵，居高臨下，美食美景當前，夫復何求？

餐後開車繼續往前行駛，進入深山區全是泰雅原住民部落，牆上看到《賽德克巴萊》的海報，相信他們都深深以此為傲。到了「內洞國家森林」入山口，付費進入，免費停車，走進觀瀑步道。步道兩旁奇花異草，大多是以前走過許多地方沒有見到過的。聽說到了春天，滿山遍野的櫻花，下回要算好時間來。路旁有幾處山泉流下，供路人飲用，水質甘甜，聽說用此山泉水，泡上一壺好茶，甘醇厚韻將是永生難忘。接著見到山中瀑布，美不勝收，共有三層。到了中層觀瀑台，便可接上森林浴步道進入森林浴場，頂端就是上層瀑布。雪白的飛瀑猶似一道拉鍊從大塊綠布上劃開，寧靜山間闊葉林、柳杉等原始林木密佈，碧色淺潭悠悠照人，有如人間仙瀑，又因多層式的特殊瀑布地形，導致水花衝擊產生許多的負離子，含量全國第一。森林浴步道走至盡頭，便可步入內洞林道，到達上層瀑布的觀瀑台，也就是最接近瀑布的位置，享受到瀑布負離子的洗禮。

走得全身大汗但是身心舒暢，下山後，有一處有名的「台車」，登上台車可以到達烏來老街，人山人海，萬頭攢動，各式名產小吃。很多地方都來不及去，很多事情都來不及做，稍有遺憾，下次還會再來，而且不要忘了帶茶具。

山中傳奇

宜蘭礁溪的溫泉早已聞名已久，這一次想去一探究竟。可是「少小離家老大回」，以前家教甚嚴，不可在外過夜。記得我連畢業旅行都不准去，全校只有兩個學生不能去，一個是清寒學生，另一個就是我。家住台北，所以「南部」都沒有去過。台北以外的縣市，對我來說，都叫做「南部」。

這一次訂了火車票，預備去「南部」玩。我在月台上左等右等火車都不來，急得我去問收票員，是不是火車出事了？他看了看我的票說：「你的火車是北上列車，在另外一個月台。」什麼，宜蘭在北部？抓起行李我就沒命的跑！跳上車，看著站名，東南西北分不清，但後來看到個「福隆」站。這個地方我認識，是個海濱浴場，所以我們走的是海岸線。

到了礁溪車站，十分原始頗有古意，司機來接我們上車，問道可否改今日上太平山？因為明天可能會下雨。咦？太平山不是在香港嗎？好，既來之則安之，去就去，去了就知道。

這太平山還真遠，開了幾個小時，車一路上山，都已開進雲霧之中，伸手不見五指，我這一輩子沒見過這麼大的霧，連這位經驗老到的司機先生也要停下來喘口氣。這麼左左右右的一路轉上山，我暈車的毛病又開始了，「像是一棵暈眩的樹，搖晃之間進入了雲霧之中」。正要不行的時候，見到了「太平山國家森林公園」的大門牌，再往山上走了一陣子，終於司機先生說到了，要我們上山走走，吃完了中飯再下山。我跌跌撞撞的下了車，心想這是個什麼不得了的地方？大概就是來吃個飯就走吧！

森林茂密，鬱鬱蒼蒼，由停車場楞了個彎就叫我驚艷不已！人在此山中，雲深不知處，台灣有這麼漂亮的地方，簡直就是山中傳奇、人間仙境！霧色矇矇，加上深紅樹葉，美不勝收，如詩如畫。眼前有一「天梯」，我便拚了命的往上爬，騰雲駕霧的上了太平天梯，步道兩旁火紅的紫楲，直通雲霧頂端，深不見底。抬頭一望「太平詩路」一個大牌子，往上便是太平神社鎮安宮。神社鳥居，飛鴻棲巢，落立在幽林頂端。為什麼叫「神社」呢？日本味這麼重？裡面供的是鄭成功，忠肝義膽，他有來過這兒嗎？如今石階高頂佇立林中，寧靜守門。站在神社當前，巨木穿雲聳立，靜坐如山，沈默如石，剎那間台灣好大。

步道上層，可進入森林步道，我心中癢癢，恨時間不夠，下一回每一條路都要走走。步道中層，有幾輛「蹦蹦車」停滯一處。這是森林小火車，原來許久以前，太平山是林木業，因為高大的紅檜都長在深山，為了要將深山巨木運下山，必須用小火車再加吊纜。就這麼一個山頭、一層吊纜，加上平的地方用小火車運送，下了一層再上吊纜、再上小火車，一層層的往山下運送。多麼浩大的工程？除了原住民強健的體力，也需要有一個好的腦袋才能設計得出來，想必是在日據時代，所以才立了天梯上的「神社」？這永恆的含蓄，初始的山林，蹦蹦車喚醒亙古的低沉，高山險峻不知多少無名英雄完成此一壯舉，一定死傷無數。只可惜蹦蹦車在維修當中無法乘坐，這又創造了我的遺憾。司機指出一棵巨木，說是山中最大的紅檜，一次大雷，中心全空，可是仍然站立，真是無奇不有。太平山

嶺，俊美的林，空心紅檜，五雷轟頂，林中稱王。

下山途中路經訪客中心，眼前見到一張巨幅照片，湖中倒影的照片見過不少，這一張最美。我立即問道：「這是哪裡？」這是翠峰湖，服務員答道。那裡的日出最美，又可眺賞雲海。要去看湖得再往山裡走，湖邊有一間山中旅館可供住宿。但是每日下午四點以後才有熱水，十點停電熄燈。所有的古步道、自然步道、舊步道、瀑布道、環山步道、森林步道，都得往那兒去，看樣子，下回不來住住是不行的！

下了太平山，路經鳩之澤溫泉，周圍山巒青翠，風光秀麗。溫泉水氣洶湧冒出，和白霧連成一氣。停下來煮個溫泉蛋，嚐嚐和家中煮的有何不同？下了山，一路都是田間小路，以前農家的四合院寥寥無幾，全是旱地拔蔥，在田中矗立的洋房。說它們是「洋房」一點也不為過。司機說因為農家人不懂設計，在哪裡看到一份雜誌中的一張照片，便要依樣畫葫蘆，如此建造。所以在這裡可以見到德國古堡、地中海式別墅及荷蘭小屋，四旁無樹，全都站在田的正中央，使人一覽無遺，屋主／地主也可一眼望盡他們自己的田地。這一路走馬看花，驚艷不已，但又諸多遺憾，下次一定要多留時間，上山下湖！

台灣外島遊

馬祖好味道

對於馬祖一直都有個可望不可及的好奇感，這次有機會來一探究竟，來趟馬祖之旅。來之前大家都說那兒啥也沒有，去幹嘛？結果這什麼都有，真不想走，最後還真走不成！

先說吃的：各式各樣的生猛海鮮，又大又鮮美。這裡的大黃魚比一個人還要高，不是蓋的。福州魚丸是沒有肉餡的，可是好吃得不得了，連湯都喝光光。甜點呢？來一份黃金地瓜餃，可熱、可冰，任你挑。主食吃這裡有名的魚麵，六〇％魚、四〇％麵，做成十分有海味的魚麵。另外就是繼光餅，明朝的戚繼光將軍因攻打倭寇而發明的野戰糧食，串在脖子上可邊打邊吃。於是馬祖國軍也如此效法，有點像美國的bagel。另外還有十分養生的紅麴，可降三高，也可做成各式口味。另外喝的呢：這裡有名的八八坑道現在不打仗，釀酒用。酒味甘醇易飲，比金門高粱容易入口。

馬祖共有五個列島，這次只有機會來到南竿與北竿。這裡有山、有水，有吃、有喝，還有世界上最大的北海坑道，同時可容下一二〇艘艦艇，現在供遊客在洞內划船使用。看到這些鬼斧神工工程，覺得以前的國軍真辛苦，在美國那都是犯人做的事。

　　這裡的飛機場是用目測，如果雲層太低便不能降落。在我們要離開馬祖那天竟然真讓我們遇到這種事。一千多位旅客滯留在機場，我第二天返美的計劃也被迫取消。這回困在馬祖，飛機進不來，當晚不但得多宿一夜，大家也只好計劃第二天乘船回臺灣。

　　這次乘船可真是一次特別的體驗，我們先乘小船由北竿去南竿，乘臺馬輪進基隆港。手中拿著船票到處找座位，可是沒有「座位」，只有床位。原來這船上全是上下鋪，床上鋪著蓆子，有一個枕頭和一床棉被，另加一個簾子保護你的睡相或隱私權。我好不容易找到我的床位，可是已有人佔著，原來船要先到東引，等那人下船，我才有床位。於是我便晃著等到東引再回到床位，回去時發現四面八方全是阿兵哥，一個個都在脫靴子，什麼味道都直撲而來，我立即棄床而逃。而我這個人又暈船，於是坐在甲板上海風吹了幾個鐘頭，真不是人過的。搖搖晃晃了八小時，總算到了基隆港。上回來基隆是小學的時候，現在五光十色、夜景迷人，真的不一樣。下了船，人也不暈了，這回遊馬祖格外的多一章，經驗真的不同凡響。

　　馬祖是戰地風光，沙灘萬里無人，又細又白，也沒有人來向你兜售東西。海鮮和土產，新鮮又美味，當地人也純樸善良，如果想去一個沒人找得到你的地方，這裡不錯！

綠島小夜曲

從小對綠島的感覺就是一個敬而遠之但又神祕的地方。今年預備去蘭嶼，無奈蘭嶼被兩個颱風夷為平地，於是當機立斷選擇去了綠島。

綠島原名火燒島，因為是岩地，所以不能種植，必須利用船隻補給所需。綠島民風樸實，個個和藹可親。因為是島嶼，所以餐餐都有新鮮的海產可吃，其中最有名的就是炸飛魚。飛魚肉質鮮美可與黃魚媲美，但肉質比較有彈性，大概是常運動的關係吧！島上沒有牛羊雞豬，所以我們除了海鮮之外，吃的是鹿肉和駝鳥肉。白天的太陽可用「毒」字來形容，晚上露天面海泡湯，享受海底溫泉，是全世界三大已開發海底溫泉之一。

綠島是個小小的島，環島公路只有二十公里，環島最適合用摩托車做為交通工具，那兒都去得了。綠島位於台東外海三十三公里，必須乘船去。在出發前導遊就已打電話來說，第一梯次的旅客全部暈船，要我帶好暈船藥。想想乘五十分鐘的船有什麼大不了的？去年被困在馬祖，沒有飛機進來，最後第二天乘臺馬輪進基隆港，在船上晃了八個小時，那才是暈船。但為了不要掉以輕心，於是在耳後根貼上了暈船藥。

上了船之後，看大家都是心驚膽跳，弄得我也有點緊張兮兮，畢竟我也是個暈大王，就連邋鞦韆都會吐。一上船我就開始運氣練氣功，導遊說隨著浪一上一下用力的呼吸就會沒事，我也依樣畫葫蘆，不敢怠慢，眼睛緊緊的閉著，不敢看窗外。

不一會兒開船了，今天海上風大、浪大，船開的又快、又激烈，都可聽到船與海浪博鬥的聲音，覺得船身隨時都會被撕裂。船一沉、一浮，驚濤駭浪，很快就聽到船艙內此起彼落的嘔吐聲，沒完沒了。我小小的張開一點點眼睛，看到了窗外海水是黑色的，一高、一低，幾乎把船沉入深水，又再吐了出來。海浪如此激烈，想想漁民靠海吃飯，賺的真是辛苦錢。做海軍日子也不好過，暈完還要打仗殺敵，怎麼受得了？難怪監獄設立在此，一個也逃不掉！而我由於呼吸得太用力，最後連雙手都發麻了。好的是這招還真管用，我沒暈。壞的是明天還得乘船回台東，而且是逆風行駛，風浪會更大，而且乘船時間會更久。

上了岸最重要的景點就是綠島監獄，那裡有個紀念堂，牆上刻了一大推名字，我以為是紀念抗日英雄之類的，走近一瞧，哇！是槍決名單以及白色恐怖時期受難者名單，裡面列出死刑、感訓、自首、無期徒刑、有期徒刑、不交付軍法審判等等……。

走進監獄，牆上陳列著一堆「熟人」和事蹟，為何入獄等等：首當其衝，榜上第一名就是呂秀蓮，第二為李敖，王拓、姚嘉文，還有柏楊有名的大力水手漫畫以及崔小萍等等，都在此蹲過。牢房內熱得不像話，現在是十月天，七、八月時真的會熱得像火燒島。

在這裡陳列的歷史一點也不避諱：在監叛亂、自治悲歌、主義雷鳴、政治事件，全部監牢生活盡入眼廉，甚至有犯人利用浮木做的小提琴。這裡有個萬里長城，自己建造，自己關起來。長城蓋完蓋房子，蓋完房子鋪馬路，就是現在的環島公路。而炸隧道則是大哥們的事，因為他們是重刑犯。據說大哥人都很好，可是小弟都很兇。一到了監獄的探訪日，這裡可熱鬧了，一艘艘的船都入港來看大哥。

綠島小夜曲是我從小就愛聽的歌，到了此時此刻才知道，原來寫歌的人，比喻寶島像一條船，此綠島非彼綠島也。

北越一遊

北越風情

今年春天帶媽咪一遊北越，由台灣飛河內大約三小時，與台北時差一小時。北越首都河內，大約是六十年前的臺灣，目前氣候是白天攝氏三十六度，晚間二十六度，到了六月白天可至四十五度。全身黏瘩瘩的，我每天都得至少洗兩次澡。

先來到河內最古老的鎮國古寺，約一五〇〇年的歲數，北越三千年歷史，南越只有三百年，其中法國統治九十六年，所以處處可看到法式文化。

越南有兩大河流：湄公河在南越，紅河在北越。河內被紅河環繞，紅河發源於雲南省，河內原名深龍城，因為紅河色深有如一條深龍，現已更名，因為在河以內，謂之河內。

河內有七百萬人口，有四百萬輛摩托車，是主要交通工具。各項車輛完全無視於交通號誌之存在，過斑馬線也有如身在電子遊戲中，左閃右躲，生怕遊戲結束。河內市區擁擠，遊覽車就在路中停下，接我們上車，大家一陣嘶殺全體往前衝，身旁車輛也未有停止。市內有三十六通道，路口大致類似，十分容易迷路。見到一間ＬＶ店，建築之宏偉，有如皇宮，矗立於鬧市之中，十分不搭配。

市中心有一「還劍湖」，夜間市民在此散步，十分浪漫。傳說在十五世紀，黎太祖曾獲神劍之助擊退中國大軍侵略，戰後黎太祖在還劍湖，忽見一隻大龜浮出水面向他索劍，因名還劍湖！哇，好酷，彷彿置身於武俠小說之中！

越南是個小費國家，到處都要小費，每次約一萬到四萬不等，我用兩百台幣換了十四萬越幣，沒兩下就花完了。

河內往陸龍灣大約二個多小時車程，由陸龍灣去下龍灣約五小時車程，由下龍返河內約四小時車程。三個地點是一個三角形，我們由河內出發，玩了陸龍灣，當天就往下龍灣出發，一天總共在車上坐了約八小時，所以晚上大家都去按摩。越南的按摩技術與中國大陸或泰國沒得比，覺得花了錢被人快馬加鞭的打了一頓，像是在報仇。

陸龍灣是陸地上的下龍灣，遊三谷湖，由人力划動的小船，穿行奇岩怪石之間，峽谷兩旁是稻田與養鴨人家，農村景致，與世無爭，好不悠閒。戴上斗笠乘船，頗有亙古的味道。這裡的船伕技術高超，都是用雙腳划船。有的雙手還可攝影，沿路銷售，為你拍一張，一萬越幣。

越南老百姓十分尊敬胡志明，他一生革命沒有結婚，沒有子嗣，生於中越，享年七十九歲。到了胡志明故居，警衛森嚴，還要安全檢查。導遊叫我們不可亂說話，不然會被抓走。看著水深火熱的大廣場，大家都望熱卻步。走完一圈，個個都要中暑，不知道他們夏天怎麼過？不知道南越怎麼過？胡志明的住處十分簡樸，但是有防空洞。已過世近五十年，遺體保存在水晶棺木的靈寢內，瞻仰遺容，不是每日開放，但一開放，都是大排長龍。

這裡的 Buffet 種類多到嚇死人，現烤、現煮、現炸、現做，要你三天三夜也吃不完。光是各式河粉就幾十種，吃到你走的進去，爬著出來。吃了一肚子越南美食、喝了一肚子越南咖啡，吃不了還帶著走，買回家可以自泡越南咖啡。滿臉曬得像黑面蔡，看起來太陽不大，可毒的很。滿腿被叮成紅豆冰，小蚊子何時出沒都不知道，導遊第一天就發了蚊子藥，早知仍躲不過！藥聞起來像正骨水，擦了之後走來走去，活像個跌打損傷的賣藝人。

每日五點叫早，六點出門，操到不行，玩到夠本。真的是起得比雞早，跑得比馬快！其實出來玩，到哪都一樣，人最重要。連導遊都說：只有好玩的人，沒有好玩的景點。找個人，和你同遊吧！

下龍灣

早晨六點多，下龍灣碼頭便已人山人海，有如逃難。四月三十日越南獨立節，全國放假一週，以後要把世界歷史先唸好，再出門。幸好我們包了一整艘船，不然活活被人踩死。

下龍灣為世界遺產、七大奇景之一，傳說神龍為了拯救安南古國不受外族侵略，現身下龍灣，以珍珠幻化成眾多島嶼，形成自然防衛。

這裡有三千多個島嶼，奇峰怪石，山水相連，千變萬化，鬼斧神工。更有鐘乳石洞，洞內以前為漁民居住，石洞內分為三種石型：由上往下長為石簾、由地下往上長為石筍、上下相連為石柱。石洞之大，有點像走入《法櫃奇兵》（Indiana Jones）的電影場景內。越南有全世界最大的石洞，據說有幾十個足球場大。此地大可以玩三至五日，住在船上，船上有法國菜教學。我以為來下龍灣是玩水，所以只穿拖鞋和帶游泳衣，沒想到每日爬山。幸好我平日訓練有素，力拔山兮氣蓋世，趴趴走，小意思！

下龍灣是個山頂世界，因為地層下陷，所以只露出山頂。與之前去的陸龍灣則正好相反，地層上升，海水下降而成了一條狀若磐龍的河流。《〇〇七》電影中之明日帝國就在下龍灣拍攝，大船進不去，得另外自付費搭快艇進入天井洞。乘坐十二人快艇，左搖右晃，飛快駛入，再換手搖小船，個個美女都興奮的把自己幻想成龐德女郎。進入內區，洞前群猴把關，猴王在一塊大石上曬日光浴，小猴子滿山遍野跑。

觀景台是下龍灣最高點，可以一覽無遺，上去下來，我汗流浹背、全身溼透，把團上的人都嚇壞了，我告訴他們美國人就是這樣！海上行駛一路上有水上市場，奇珍異品，生猛活海鮮，見都沒見過，可買回為午餐佳餚加菜。上山下海之後，在船上享用一頓海上鮮實在過癮，海產新鮮到放入口中似乎還要跳出來。配上越南啤酒，臺灣團友敬酒的功夫真的是恭敬不如從命！

此地山明水秀，一個靜止的人間仙境，除了〇〇七在此出沒之外，不知是否有山中傳奇，可藏有武林高手？有人說這裡像桂林，也有人說像千島湖，反正我都沒去過。

怎麼樣？走走走，走來去。去去去，去北越！

聖地之旅

聖地之旅出發

做一個基督徒，一輩子至少要來一趟聖地朝拜一下，再看看哭牆是怎麼回事？另外聖經上的故事也得親身走過一次，才不枉費這麼多回的查經班。無奈一個月前，敘利亞施放生化武器，大批難民逃至約旦北邊，美國不停的喊話要懲戒敘利亞，所以我們這一團人，三分之一打了退堂鼓，剩下的就是我們這一批不要命的敢死隊。

飛行十小時後，先到了德國的法蘭克福，因為轉機得先等五小時，於是一行人便乘地鐵去市中心逛逛。十月正是德國啤酒節，到處都擺滿了小攤，有吃有喝。我們四處逛了一圈，選定了一家美食攤便吃將起來。因為人多，所以可以點不同的德國香腸及品嚐啤酒。大口喝酒，大口吃肉，偷得浮生，美食美景當前，這麼好的命，真的是偷來的福氣。

路上見到一位會講中文的小姑娘，她告訴我們前面有一家德國有名的軟糖店，全國只有兩家。我和芳便走進瞧瞧。店裡用軟糖做成Pizza、生日蛋糕的模型，十分有創意。芳說看起來就像普通的Gummy Bear，沒什麼特色。正準備要走，講的當頭，一位漂亮的女店員給我們一人一顆得獎的軟糖，放入口中，Q而不甜，口感極好，把剛才的香腸鹹味，全部洗清，比美國的Gummy Bear好吃一百倍，真的是驚艷。立即買了那一大包得獎的軟糖，奔回去和大家分享。一群德國豬手，絡繹不絕伸進袋中取糖，我猜這一家八成是Gummy Bear的始祖。

酒足肉飽，甜甜鹹鹹，都進了五臟廟。東問西摸的乘地鐵回機場，繼續我們的旅程。

約旦的天空

早上三點，飛機到了阿曼（Amman）機場，進了廁所，裡面有沖水，讓你洗屁屁，旅館內也是兩個馬桶。約旦是一個沙漠國家，白天大約華氏八十五度，嚴重缺水，很少下雨，水主要來自沙漠地下水及湖水，位於高度三千尺，總面積與 Ohio 差不多。約旦為回教國家，不吃豬肉，離海甚遠，所以也吃不到海產。六分之一人口為基督徒，也有其他宗教。全國約一千萬人口，大約是臺灣的四倍。每人平均每月收入為美金六百元。成衣與藥品是它的主要工業。石油在阿拉伯，天然氣在埃及，約旦地底下啥也沒有，食物自給自足。約旦有二個時域，高原區及山谷區，時差一小時。

約旦北邊有難民營，位於敘利亞邊境，大約一百五十萬人，但是這一次敘利亞的生化武器事件，難民潮一度高達兩百萬人。這裡的難民，可以有工作也可以上學，甚至可以拿公民權，這是很少國家可以做得到的。

一大早約五點多，就聽到咦咦嗚嗚的唸經聲，想起多年前到西藏，也是整天都聽到誦經的聲音。這些國家都十分虔誠，就連在機場或車站，也不放過朝拜時間。回教國家時辰一到，就地膜拜，和西藏密宗的三步一拜、九步一叩，都有著異曲同工的精神，令人敬佩。

今晨上車，來了一位隨隊旅遊警察（tourism police）來保護我們。自從一九九四年與以色列簽下了和平協定，警察便開始與團隨行，我們住在阿曼，距離敘利亞只有六十英哩。導遊可操三國語言，阿拉伯文、法文及英文。他對歷史、地理，無所不知，像個年輕的教授，熱忱又有經驗。

阿曼老城，全城建在山坡上，有如舊金山，不同之處則是阿曼清一色全用花岡岩建造，房子全是淡土色。路過美國大使館，館外四周機關槍面對路人，看得心驚膽顫。

約旦哈希姆王國（The Hashemite Kingdom of Jordan）古城，神話傳說，工程浩大，有如萬里長城似的大工程。十月的天，還是熱的汗流夾背，要不是常常爬山，就只怕望梯興嘆！走了半日，已曬成黑面，真不知多少年前建殿時，熱死多少英雄好漢？

下午去市中心逛傳統市場，賣的東西和西藏、新疆很類似。路上男多多，女少少，阿拉伯男人高頭大馬，像森林一樣的圍繞著我。一轉眼全團人都不見了，慌得我抓緊皮包，一陣子忙亂。忽見隨隊旅遊警察，緊瞅著我，還好有他在，教我心安不少。

走入一家鮮榨果汁店，各式新鮮水果，任君挑選，唯獨問老闆價格時，支支吾吾，答的不爽快，只叫我們放心先喝。我看到牆上有各式語文的菜單，卻無標價。一排中文的水果名旁，有一行原子筆寫的文字：「店主不標價，小心漫天收費。」於是我們小心翼翼，每一份都問清楚了才喝。紅色的石榴汁，鮮美甘甜，充滿抗氧化劑。約旦的天空，碧藍碧藍，在這海角天涯，還能收到抗議的同胞愛。

沙漠之旅

由阿曼前往佩特拉城（Petra），車程約三至四小時，路經古老的神廟、殿堂，望著巨大的石柱，鬼斧神工，真不知古人是如何起重？其中一站是這一次的聖地之旅的重要地點……有名的尼泊山。上帝在此和摩西說話，據說摩西最後也是在此過世及埋葬。只可惜人在此山中，雲深不知處。約書亞 Joshua 怎麼沒有好好把他埋葬再加個墓碑，後人也好來此憑弔一番。

我們一路顛簸，加上時差，迷迷糊糊，睡睡醒醒，東倒西歪，路經古國堡壘，沙漠風光，盡在眼前，有如絲路上的高昌古城，只是工程浩大許多倍。日落餘暉，這是第二次在沙漠上看夕陽，上一回是穿越戈壁大沙漠，真是此生有幸。

第二天一早起床，出發去佩特拉城，就是最有名的《聖戰奇兵》（Indiana Jones and Last Crusade），及《變形金剛》（Transformer Revenge）的拍片場景。所有的宮殿和古墓室都是在石窟內，有如敦煌石窟，只是大了十幾倍。在這裡快馬加鞭，把自己想成 Indiana Jones，亂酷一把。路上有人騎馬、騎驢、騎駱駝、乘馬車，任君選擇。我們為了想把古蹟多看仔細，所以選擇健行，一路走到底。先下坡，回頭才上坡，聳立雲霄的高大石刻令人驚艷。到了最後一哩，還是決定要做一下印第安那瓊斯，於是上馬，心中哼著電影主題曲，過足了考古學家加英雄的癮。

導遊告訴我們，這些古老石窟內，以前都是裝古墓，而且深度頂多十尺。並沒有像電影裡面演的，深大似海，有寶物、有機關、還有幾千條蛇。可是每次想到裡面這麼多的神祕故事，和他由石殿外快馬飛奔離去英雄似結尾，心中都是羨慕不已，真沒想到，今天真的來到這裡。進佩特拉城每人需要五十JD的門票，大約為七十五美金，他們真的是什麼事也不用做，吃盡老祖宗遺產。

午餐吃完，喝上一杯咖啡，阿拉伯咖啡內有荳蔻香，喝完之後在杯底留下一層厚厚的咖啡泥，有人說真正的咖啡是要如法泡製，咖啡原味才會全部盡出。

阿拉伯人可以娶四個老婆，男人負責賺錢，女人負責帶孩子，但是現在的社會也大約有百分之三十的女人上班。女人有兩件事是絕對不做的：一是家事（Domestic work），二是女侍（Waitress），所以這裡也有許多外勞。此處的民風淳樸，法律嚴格，聽說偷了人的東西是要砍手的，讓我感覺上踏實了些，覺得沒有那麼危險。

旅館座落於死海旁，能夠看到死海美麗的夕陽日落，此生可能只有這一回，是什麼樣的緣分，有這樣好的運氣？明早要去死海泡澡，聽說對皮膚好，會變的細皮嫩肉，不知是真是假？只能拭目以待是否黑面蔡可變成小白菜。

過關斬將

由約旦進入以色列邊界，一路荒漠原野，路經施洗約翰為耶穌受洗之地，可惜河床已乾枯。如今慢慢進入狀況，一步一步愈發有真正的聖地之旅的感覺。

先是入境過關就給我們個超級下馬威，以色列爭戰不斷，四面楚歌，出境蓋章，過三關斬六將。先說由約旦出境，若是蓋上以色列入境章，以後就休想再去阿拉伯國家旅遊。於是導遊便要求海關把章蓋在另一張紙上，這種情形大概經常發生，所以入境章一事順利過關。可是車外除了持槍的阿兵哥，就是一層層的鐵絲網。在外面就停、查、停、查了三次。不但全車內外檢查，更用儀器探測車子周邊上下左右，查看有無藏匿炸彈。進入關口，全部的行李下車，一件件入關檢查，無人可倖免。過關時大家都很緊張，不敢大聲喧嘩，或是大笑，更不敢東張西望，或有任何誇張的表情動作，我緊張得連iPhone都不敢拿出來，更別說相機。幾輛遊覽車下來，人潮洶湧，大排長龍，有如難民營。前方還有人手持機關槍，對準我們排隊之人，以備不時之需，排隊時蒼蠅亂飛，都不敢打，或是輕舉妄動，真是落得坐困沙漠被蠅欺。我們進進出出，算算一共拿出護照六次。每一次繳件，護照上不是貼個條碼（Barcode），就是貼個數字碼（Number Code），他們是亂中有序，也都很清楚我們是誰。而我們則是迷途的羔羊，等待著任人宰割，真的是過三關斬六將，嚇得我們花容失色，飢腸轆轆，死了不少細胞。

以色列對約旦關口小心奕奕，是為防止巴勒斯坦人混進過關，因為在此的巴勒斯坦人都用約旦護照。過了邊防，以色列的導遊及防彈遊覽車在關口外等我們，告訴我們已順利過關，有的旅遊團已過了半日，都還在關口內滯留等待，尚未放行。以色列講究防範，安全第一，要我們放心，只是天黑後乖乖的待在旅館內不要往外跑，要當心此地的阿拉伯人。

以色列百分之八十為猶太人，百分之十五為阿拉伯人，另外百分之五為其他種族。一面對海，三面臨敵，全國全面隨時備戰，全民當兵，女生也不例外。強制性服兵役，十八歲起，男性三年、女性二年。猶太人分三種，一種是戴大帽子的，一種是戴小帽子的，另一種則是不戴帽子的。除了戴大帽子的正統猶太教人不用當兵，其他無人可以倖免。以色列政府供養純種猶太人，他們的兩大功能，一是全職研究聖經，二是傳宗接代，所以母親也必須是純種猶太人，並且不能避孕。這樣的純種猶太人佔全國百分之八，他們不用上班而且有薪水可拿，政府連他們的小孩都養。以色列徵稅為百分之三十，全民健保，看醫生不用付錢。他們水源不足，但是科技海水淡化，農業發達，鑽石切割也是世界一流。

以色列一塊土地，二種民族，三個宗教，四次戰爭。耶路撒冷就是和平之城的意思，可是一點也不和平。十年一大仗，五年一小仗，所以人民在四十五歲以前，每年都得服兵役一個月。以色列是猶太教、基督教和伊斯蘭教的發源地。到了聖城耶路撒冷，全城到處都是遊覽車，每處教堂，耶穌行跡：與十二門徒最後晚餐地點、耶穌背負十字架路線、被關地牢及受刑地等等。錫安山上到處人山人海，充滿著善男信女。一群群的虔誠信徒跪地禱告，唱聖詩，有的持著拐杖都得來一次，如此場景，無不令人動容。

夜宿橄欖山，聖城耶路撒冷的夜景一覽無遺。清晨四點，大喇叭放出唸經聲，誰都聽得到，比約旦早唸一小時，這樣的起床號，每天都準時得很。看樣子住在這些國家，真的得早睡早起身體好。

哭牆有別

來到文化久遠的國家，都會有一些摩登世界想不到的人情世故。公元前五八七年，猶太被巴比倫人摧毀，攻下耶路撒冷，掠劫財物，並摧毀聖殿，將以色列人擄到巴比倫成為奴隸，僅留下一面西牆，即後人熟知的「哭牆」。這一面牆是猶太民族信仰的象徵，歐洲人認為耶路撒冷是歐洲的盡頭，所以這段殘牆就成為歐亞的分界線。

到了嚮往已久的哭牆，想像中的哭牆是長長的一片大城牆。沒有想到來到此處，在牆中間隔了一個高屏風，男左女右。而且也不是在正中間分割，男生那一邊空空大大沒幾個人。女生這邊，擁擠不堪，一大堆女生扒在牆上悲切啜泣、長跪禱告。男生要戴個圓頂小帽（Yarmulke），以示尊重上帝，女生則需穿長褲或長裙。哭牆細縫中夾著許多小字條，都是善男信女夾進的保佑詞，如果您也想夾一份，現在科技發達，可以以傳真或email方式寄來，他們打印可以為您做此服務。由哭牆退出時，必須倒著走，有如我們中國人晉見皇上時下退一般。

哭牆下有一哭牆隧道，一九六七—一九九六被猶太人發掘，整理了三十年，一九九六年開始開放讓民眾及遊客參觀，必須預約。傳說中的約櫃，也就是《法櫃奇兵》中的櫃，以及所羅門王的寶藏據說都埋藏在此。可是猶太人掘到清真寺邊便被阿拉伯人阻止，不准繼續。而地又屬於猶太人擁有，不可以讓阿拉伯人輕易掘地，所以這始終都是個謎。進入隧道前，警備森嚴，先分男女兩道，再搜查隨身包包。走入隧道，真的和《法櫃奇兵》電影裡一模一樣，像極了迪士尼園內的場景。就連水道也一模一樣。左拐右轉的快步行走約半個小時，走出隧道，忽的一下上了耶穌苦路大街，如果想知道哭牆隧道的祕密通道入口在哪裡？偷偷告訴你，荊冕堂的對面有個不起眼的小門。

在以色列如果不是猶太人，便只能在拉比法庭結婚。在結婚證書上，除了新娘、新郎名字和日期外，還得有個價錢。那個價錢就是如果離婚的話，男的要賠償女的多少錢。結婚典禮時除了新人站在一起，男賓、女賓都是分開的。而且穿著大黑袍的女人，眼睛不可直視任何人。

來到耶路撒冷，一定要到耶穌的出生地。伯利恆座落於巴勒斯坦區，五萬五千人口居住市內，區內沒有銷售稅。一般來說，耶路撒冷的導遊是不能進巴勒斯坦區，換由巴勒斯坦導遊帶隊。伯利恆是麵包房的意思，以前是以色列管理，現在由巴勒斯坦管理。所以當我們進入伯利恆時，得過兩道關卡，全是高牆鐵絲圍繞，不許拍照，也有軍犬來聞，以防車子裝自殺炸彈，進入之後馬上換車換導遊。伯利恆為耶穌出生地，人山人海的朝聖者排隊等著觸摸及親吻土地，大約要排隊一個多小時。我們的巴勒斯坦導遊，人通路熟，八面玲瓏，見他和把關警察握個手，我們便魚貫進入，前後不到一分鐘，便到了隊伍前頭，就連由耶路撒冷跟著我們進來的中國導遊都傻眼。所以這份多出的小費，大家付得心甘情願。

以色列沒有死刑，猶太人犯罪率很低，因為宗教中的贖罪作用。犯罪率和經濟比率相等，做了錯事要賠雞賠羊，怕賠不起，所以不敢犯罪。這個國家的總統是只行外交禮儀，總理才有政治實權。一個做人，一個做事。

以色列有集體農場，叫做基布茲（Kibbutz），也就是所謂的人民公社，僅存三十幾個，約二百人一族，是以色列的社會模式。場內所有財產均屬公有，成員沒有薪酬，免費吃喝、居住、教育、醫療、社區設施及其生活必需品，是共產黨的最高境界。入村之前要先身體檢查及調查信用，集體農場以務農為主，也有一些轉向工業生產及經營觀光酒店，我們便是在他們經營的酒店吃了他們自給自足的午餐。

這裡吃肉不喝奶，喝奶不吃肉，所以早餐沒有肉，晚餐沒有咖啡或茶。此地的遊覽車川流不息，像一列列的火車一樣開進市區。耶穌走過的

苦路、足跡，朝聖隊伍全程踩過。猶太人和阿拉伯人生長居住在同一個城市，完全不相信對方。原本都是兄弟，為熱愛自己的土地苦戰多年。本是同根生，相煎何太急？誰也做不了清官，解決他們的家務事。

死海傳奇

死海是全球的海拔最低點，負四一一米，海水平靜，沒有波浪，鹽分是一般海水的十倍。浮在水面上不會沈下去，水中的鹽分及泥漿有多種礦物質。傳說埃及艷后最喜歡來此泡澡和用泥漿美容，而且只有她自己可以用，別人都不可以。我們幾位老姑娘試了之後，果真全身肌膚無比光滑柔嫩，後悔沒帶個大桶來裝泥漿回家。

死海西北邊猶太曠野上有一昆蘭國家公園（Qumran National Park），禁慾主義的愛色尼人曾於此修行，他們將經文藏入瓦罐，後被羅馬兵攻陷。一直到公元一九四七年，有個少年牧羊人的一頭羊進入了死海附近的洞穴裡。為了叫那頭羊出來，牧童因而對洞裡投擲石頭，結果打破洞穴裡的瓦罐，因而發現這些古經卷。其後的十年間，在十一座洞穴挖掘出了裝有古卷的瓦罐，共找到約四萬個書卷或書卷殘篇。

學者從希伯來古文字體的對照上，鑑定死海古卷。目前，死海經卷存放在以色列博物館，以及耶路撒冷的洛克斐勒博物館。據說全本的以賽雅書手抄本，全在此處找到。看到這些死海古卷，不禁讚嘆遠古就有時間膠囊（Time Capsule）的概念，不負眾望，為自己留下證據。

下一站到了馬薩達（Masada）是猶太人的聖地，世界遺產之一。位於猶地亞沙漠與死海谷底交界處的一座岩石山頂，從山頂直下死海之濱；通向馬薩達的自然道路都極為險峻，最主要的是東側的「蛇行路」（Snake Path）。

許多年輕不怕曬的小姑娘、小伙子都由蛇行上爬，約一個多小時便可到達。我們這一群，怕曬又怕走，所以乘纜車直達。到了山頂，一面向山，一面對海，美不勝收，不愧為世界之最。我們參觀古堡遺蹟，看到那時的澡房已有桑拿概念。希律王可是真會享受人生，蒸汽浴池中一根根石柱子，想必是由底層加熱，上面才會有蒸汽出來。據說他每天都要洗上一遭，能夠在沙漠上這樣的享受也不愧稱王。

在這美麗的高原，曾經有個可歌可泣、感人且悲壯的故事。公元六六－七〇年爆發了猶太人反抗羅馬人的起義。被羅馬追捕的猶太人陸續來到這裡，馬薩達成為起義的最後據點。羅馬總督率領羅馬軍團包圍了馬薩達，並開始在西側修築高台。攻城三年並斷絕水源，羅馬軍隊完成築城時，用攻城槌攻破馬薩達的城牆。當時馬薩達城中住有九六九人，他們不願屈服於羅馬軍，堅守城池，使羅馬軍難越雷池一步，並讓圍攻的羅馬軍付出了一萬五千人死亡的慘重代價。在馬薩達即將被攻破之時，山上守城將軍發表了一篇動人的演講，強調絕不能屈從羅馬人的奴役，而寧可作為自由的人民死去。訓諭守軍寧為玉碎，不為瓦全。他最終說服了大家選擇自殺，於是他們推出十名勇猛戰士，做為自殺全城人民的執行者，一劍刺喉。留下一名戰士，殺死剩下的九名殺手戰士，最後的一名戰士再自盡而亡。所以等到羅馬軍攻進城內時，看到的僅是九六二具屍體、燒毀的建築和保存完好的糧倉。最後僅有兩個女人和五個小孩躲在一處蓄水池裡得以倖免，也因此流傳了羅馬破城前發生的故事。這個故事在好萊塢也拍過，由彼德奧圖演羅馬總督。

回來的路上，一路死海美景，想到這些勇敢動人的故事，不禁感觸良多，令人震撼。車開往市區，見到許多正統猶太男男女女，身著黑服，來來往往。導遊說，正統猶太人區的安息日，商店都關門，路上不可以開車。因為汽車啟動的那一剎那就是開工，沒有安息，任何人都可以拿石頭砸開工的人。電梯則是每一層都停，因為不可以觸碰按鍵。酒店早上也不供應熱牛奶，因為不能開火。

死海的傳奇故事，說都說不完。有這樣多的人傳承古訓，又有這樣多的人捍衛家園，另外還是有這樣多的人追求新科技。死海邊的世界，你想要靠哪一邊？

出關以色列

以色列遊畢，即日返美又要過重重關卡，所以大家早早出發去機場。聽說昨天敘利亞關口炸死了五十幾個人，而我們昨日正是在敘利亞邊界「戈蘭高地」旅遊。在路的旁邊，鐵絲通電，滿佈地雷，一旦越界，格殺勿論！我們近到伸手可觸。

幾天前在約旦旅遊，景點處，大家好玩就買了阿拉法特一樣的圍巾。這兩天電視上看到敘利亞的軍隊都是用這樣的圍巾圍頭，但是一旦進入以色列就再也沒見到過這種東西。一位團友不明就理，整天掛在脖子上，到了機場關口被提去問話。哪兒買的，為什麼買？東問西問把人都嚇傻了，支支吾吾的說不來，幸好有其他團友幫忙解圍。不知道，忘記了，沒理由。看著這群傻蛋，海關也就放行了。

我們這群女多男少，所以男生帶隊。過關時不可哭、不可笑、不可大聲喧嘩。海關眼靈耳利，和這個人說話眼睛卻盯著另一個人瞧。問題一大長串，到了哪裡，來幹嘛？這些人是誰？認識多久？前面的弟兄說：「這是我老婆。」可是一急，說成了：「這些是我老婆。」我們在後面聽得，笑也不敢笑，憋著氣，肚子痛，眼淚都憋出來了。

下一步要過安全檢查，在其他國家的機場，通常在過安檢時，手提電腦要拿出來，可是平板電腦如 iPad是可以不用拿出來。但是這個機場不一樣，告示牌上說了：Tablet 也要拿出來過安檢。我告知大家，結果一位團友說，她有好多 Tablets。我問她你為什麼有好多？Tablet 一個還不夠用嗎？結果她拿出一罐罐的藥片……。

大部分人過了安檢，一位團員左等也不出來，右等也不出來。伸頭一看，原來在裡面被搜身檢查，包包全部打開。我們留在關口等待，出來後問她發生了什麼事？原來她帶了一雙筷子在背包內，看起來像兇器。

以色列這個國家草木皆兵，有如驚弓之鳥，戒備森嚴，連普通人都有防彈衣。房子看似普通，其實都是防彈，而且地底下都有防空洞。他們戒慎恐懼，隨時備戰，步步為營。可是我看阿拉伯人高頭大馬，身材厚實，長的就像一座城牆，不小心撞上去，自己還會彈回來。而以色列人身材秀氣，沒有阿拉伯人那麼粗壯陽剛。而他們之間的爭戰，無止無休，沒完沒了，想想他們的這場仗可真難打，難怪處處小心奕奕。

異地歸來

從以色列特拉維夫（Tel Aviv）的酒店出門，轉兩趟飛機，回到溫暖的家，共計足足三十小時。行萬里路讀萬卷書，這一趟真不容易，吃到的、看到的、經歷到的都是大開眼界。有人說要娶日本老婆，她們最溫柔；請中國大廚，他們廚藝最精湛；在沙特上班，那裡工資最高，石油比水便宜；請以色列的保鑣，他們英勇過人，隨時備戰，步步為營。這會兒真教我見識到了！

到加利利（Galilee）海邊吃彼得魚大餐，才知道原來耶穌最喜歡吃的是這一款吳郭魚，也就是五餅二魚裡的魚，餅就是皮塔餅（Pita）。加利利海是耶穌最喜歡的海，祂在這裡海上行走。乘風破浪的加利利海，也是門徒彼得和保羅的故鄉。而我們乘船遊加利利海，大伙兒開心得又唱又跳，有如親身走進聖經故事。一九六五年，由於缺水使得加利利海水大為降低，結果竟然使得沈睡在海底二千多年的一艘古代漁船重見天日，在博物館內也親眼見到這艘千年加利利古船。古船呀古船，二千年過去了，不知我觸碰一下，是否將我帶回到二千年前。

死海邊有許多椰樹，這裡的椰樹結椰棗，是其他地方沒見過的。《法櫃奇兵》電影中有一幕水果被人下毒，結果毒死了貪吃的猴子。電影看了幾回都看不出那是什麼水果，原來如此，就是這椰棗兒（Fresh palm dates）。嗯，好吃！

在以色列進猶太教堂男士要帶小白帽，進天主教堂男士不可載帽。猶太教星期五日落後到星期六的日落是安息日，天主教星期日是安息日。結果我們星期五、六在猶太區，星期日到天主教區，到那裡都關門，大家省錢不用瞎拚。

拿撒勒（Nazareth）的聖母領報堂是天使來對聖母瑪利亞說話的地方，教堂外院的迴廊有世界各國饋贈的馬賽克「聖母與聖嬰」壁畫。結果中國人畫的像觀音送子，韓國人畫的像大長今，泰國人畫的像釋迦摩尼。

大概每個國家對聖母的形象感覺不同吧？

站立在地中海邊的凱撒利亞國家公園（Caesarea National Park），由羅馬統治下的猶太國大希律王花了十二年時間重建的一座堂皇都市，獻給當時羅馬皇帝凱撒，故名「凱撒利亞」。內有古戰車跑馬場、半圓形劇場、大理石神廟、華麗宮室。每一塊石頭都是由埃及海運過來，再由牛車拉上岸。無奈二次地震，將四分之三的城市都陷入海底。好漂亮，真可惜！

最美麗的城市，非地中海邊的海法（Haifa）莫屬。海法空中花園，建立於山坡上，一望無際，無敵海景，嘆為觀止，一生一定得來一次。只能遠觀，不能近瞧，除非你是太陽教徒才能入內。噯，緣分就只是這張照片！

在旅遊之前，有人說會吃得不好，所以臨行前還先去供了五臟廟一頓牛排大餐。結果美味佳餚，頓頓都撐得半死。他們最具特色便是吃基本食物，什麼是基本食物？如果你去了博物館看到油畫內桌面上擺的是什麼食物，千年以後，他們吃的仍舊相同類似的食物：各式烘焙麵包新鮮出爐、現榨果汁、檸檬薄荷汁、石榴汁是全團人的最愛。一餐中一定有沙拉，至少十種，另有烤青椒、洋蔥、茄子，配上Pita餅及各式沾醬、配料。牛、羊、鵝肉，又香又嫩，為什麼覺得有點像中國菜的紅燒滷味？羊奶、牛奶、豆奶、乳酪、生魚、燻魚、干果、堅果。就連蜂蜜也是一張蜂巢當場打開滴露下來，比一般市場買來蜂蜜濃郁太多，配上以色列咖啡，望著蔚藍的地中海。Life is good！

以色列人不吃甲殼類，如蝦、蟹及蚌。吃肉不喝奶，喝奶不吃肉。吃了肉要六小時後才可喝奶，喝了奶要一小時後才能吃肉。因為他們不忍心吃了肉，又喝牠哺乳的奶。

波斯地毯、羅馬磁磚、埃及大理石、地中海景、加利利海上的日出、死海上的日落。以色列好像來一次不夠！

回來之後上教堂，聖經上許多地方都親自走過，讀到時覺得更加親切。就像到朋友家之後，更加熟識，十分窩心。現在學阿拉伯人，咖啡用煮的，美味極了。美式的滴水法，真的有點浪費。改喝羊奶，美味濃郁。吃不加料的純乳酪，營養！吃羊肉，又香又嫩。學以色列人吃各式沙拉，健康！再到處找他們用的壓榨式果汁機，快捷、有力而且滴水不浪費，可是找來找去找不到，好想回去買。

巴爾幹半島健行

巴爾幹半島健行序曲

這一趟由愛久久團長組織，南加州登山旅遊達人獨家設計之行程，結合了登山隊、高爾夫球隊，以及平日喜愛健走及旅遊好友，同去巴爾幹半島（Balkan Peninsula）的四個小國：克羅埃西亞（Croatia）、黑山（Montenegro）、波士尼亞（Bosnia）、斯洛維尼亞（Slovenia），十五天行程，走透透，探究竟，挑戰大自然。這一支二十四人組成的隊伍，每日平均行走一萬二千至一萬五千步，大約是五至六英哩。行走的路徑有峽谷、河川、湖泊、洞穴、海岸、城堡、城市、郊區、鄉村、小鎮、山路以及崖壁棧道。

此次的旅遊路途遙遠，光是乘飛機、轉機、等機，就幾乎花掉了兩天的時間。足夠轉換心情，由繁囂紅塵市景，進入清靜悠閒的天光水域。行程是著重深度探索及登山健行的旅程，大家都熱情澎湃、精神抖擻、馬不停蹄的向前衝刺，絕不因為天候不佳而改變行程或卻步不前。這一次來到巴爾幹半島，遇到了一百五十年未見的大雨。一個念頭的閃失，使我做下了一個錯誤的決定。我以為參加的是阿公阿媽團，掉以輕心，沒想到他們是來真的。我把防水登山鞋拿出行李箱，而改帶一雙耐吉的通風球鞋。結果通風又通水，雨水將鞋子、襪子全部灌水溼透，令我行走困難。而另外的一個遺憾則是沒有越過警界線，走下瀑布至十六湖的水面棧道，看樣子十六湖得再來一趟，不然就是這一輩子的遺憾。

此一行程大多是由矽谷的好友組成。在矽谷上班大多操勞過度，想想被老闆操死，不如自己出來樂死。我們每日舟車勞頓，長途巴士翻山越嶺，九枴十八彎，才能到達景點，不坐到屁股痛不下車。所以車內橫著、豎著、躺著，各式怪招都出籠。行程中，除了平日固定的景點及路線，另外也有自由活動的時間，團友可選擇再環湖健行，慢跑、騎腳踏車、乘馬車、游泳、瞎拼燒歐幣，刺激歐州經濟，找尋她的那一顆「斤兩兒半」，或者找一處無敵美景坐下來喝個下午茶外加一道美味點心，美景加美食，想怎樣就怎樣，夫復何求？

來之前，大家都以為是到蠻夷之邦，共產國家，戰地旅行。到的這些國家，地名字內母音不足，大家唧唧啾啾，噴了一臉的口水也唸不出什麼來。不小心被砲彈打中，通知家人都說不清自己在哪裡。這裡的人做事一板一眼，絕不殺價，有就是有，沒有就是沒有，不和你囉嗦。買東西一定給收據，找錢算得清清楚楚，按規行事，童叟無欺，但是不陪笑臉。行李大包小包，什麼都有，可是什麼都找不到。一路行走，我頓頓禱告，希望大家平安，沒有人生病，沒有人跌倒，沒有人摔相機、掉手機。而我最大的損失，就是遺失了一頂漂亮的遮陽帽。不過留一件東西在那有如安德生童話中的湖中小古堡內，心靈也暖暖的！

這一次出門發誓不買東西，回來算算，還是收集了十個景點磁鐵片、五件衣服、三條圍巾、一對耳環，更多的美食，進貢了五臟廟，真的是人來瘋！帥哥多得看到眼花，高大威猛，個個都像是從時尚雜誌內跳出來的。旅程是身體辛苦，精神愉快，幸好平時勤練運動，沒有路途上閃到腰，或是扭到腳什麼的。除了在惜別晚會上愛水毋驚流鼻水，穿了一條裙子，結果當晚就受涼。真是千山我走過，小小的一條裙子把我給撂倒了，人不能停，一停就生病。幸好只是玉體微恙，多多休息，在家乖乖寫稿。這一趟開拓視野，放寬心胸，感謝大家一路互相照顧，福星高照，倦鳥知返，圓滿結束，快快樂樂出門，平平安安回家！

老饕進城

飛往克羅埃西亞的路途中，先在德國法蘭克福機場停留數小時，我們一群老饕怎能放過美味的德國豬腳？熱騰騰的烤豬腳配上美味的自製酸菜，叫完一盤再加一盤。各式德國香腸及蒜味洋芋泥，當然少不了各色啤酒；大塊吃肉，大口喝酒，我們還沒到站呢？

到了巴爾幹半島，一路上，啤酒比水便宜，大家都在計算，美國超市Costco的水才幾毛錢，而這裡的水要三塊多美元，簡直吃人。所以這次旅遊大家能省就省，做酒鬼，有理由。路途中參觀修道院酒廠，酒香迷人，忍不住帶它幾瓶走。不到兩天，路邊見到四隻金黃色烤全羊在爐頭上打滾，一口酒，一口肉，啥也不帶回美國。

每日酒店的早餐，新鮮蔬、沙拉、起士、乳酪，最特別的是醃製的各式肉片，肉質鮮美，吃了還想再吃，來到這裡才知道什麼是肉味。南斯拉夫人愛吃肉，知道優質肉是怎麼回事。每一口咬下去，無論是硬是軟，質感無邊，不在話下。覺得這一輩子都在吃垃圾食物，不知吃下多少添加物及化學成分，就怕防腐劑沒吃夠，動物成長時就打下助長劑，我們怎麼都躲不掉。這裡的青椒、紅椒、黃椒，可以像蘋果一樣，喀嚓一口啃下去，甘甜可口。水果則是新鮮但長得不怎麼標緻動人，想必是未灑農藥，也未經人工整型，有機食物吃下去時仍然有果酸味。不如美國、台灣的甜，想必是未加工打糖精入。一切都是如此的原始，這麼的自然，老祖宗遺留下來的是什麼，就是什麼，不添加任何人工精料。就連豬油都是香醇的，我喜歡吃培根（Bacon），吃他們的才知道在美國吃的都是鹽巴加肥肉。有一天早餐吃到真正的法國可頌麵包，美味又無油，內心一直在掙扎要不要拿第二個。同桌的團友說她也在掙扎，要不要拿第四個？美味的早餐，一日的精神糧食，去對抗未知的一天，每一個人都吃了比平常多五倍的分量。大家腰圍都加一圈，早上起來不是今天該穿那一條褲子，而是今天還穿得下那一條褲子？

這裡的人喜歡喝咖啡，吃下午茶外加一盤小點心，悠閒自得。他們的酥皮做得十分道地，很多的點心都看起來像拿破崙派。有一回我們覺得白天晚上都吃的太多，於是下午決定出去小跑步，跑步經過許多咖啡屋，看到人們悠閑的在那裡喝著咖啡、吃著點心，於是忍不住就停下來也喝一口、吃一點。這樣的情形發生過三次，所以再也不敢對團友說我們是去小跑步做運動。各式各樣的咖啡、各式各樣的甜點當中，我認為最好吃的是白咖啡，配上布列德湖正宗奶油蛋糕（Lake Bled Original Cream Cake）。上面一層像拿破崙的酥皮撒上一點白糖粉，底下的 cream 就很難形容了，不甜不膩，入口即化，吃了還想再吃。冰淇淋更是不用說，滿街都是，五花八門，吃起來不甜，十分爽口，我在這兩個禮拜吃的冰淇淋，超過我平時一年的分量。

羅馬人愛吃魚，我們一路臨海，吃最新鮮的魚蝦海鮮，有時小居湖畔也品嚐湖魚，質地鮮美，只是刺多。亞得里亞海蔚藍的海岸，白日充滿詩意，夜裡羅曼蒂克，岸邊有一排排的情人小桌，可以燭光晚餐。那樣的畫面只有在電影裡面看過，好像〇〇七帶著他的龐德女郎，在那裡深情的吃著美麗的晚餐。那一夜正好是中秋，今日中秋月正圓，獨在他鄉為異客……明月幾時有？把酒問青天……但願人長久，千里共嬋娟。於是我們這幾位中年嬋娟決定今晚不吃泡麵，一定要在亞得里亞海邊的情人小桌上，吃上一頓鮮美的海鮮大餐。我們叫了當地的名酒，每個人點了不同的餐點，吃得杯盤狼藉，不好意思用餐巾蓋上。帳單來了，原來還得要付坐檯費，好吧！這輩子難得坐一次龐德女郎的雅座，就這麼一次，下次要龐德買單。

兩週未食中國菜，未見中國字，但是也沒有吃虧，每個人都褲帶綳緊，愈來愈穿不進，沒重個十磅，也有個五磅。說也說不完，吃也吃不完，大口喝酒，大塊吃肉，大快人心，得要自己來一趟品嚐才能見分曉。

日不落

這一次往巴爾幹半島跑，自以為跑得夠遠了，到了天涯海角，無人之地。此地在二十年前戰亂紛紛，砲彈彈孔在民宅上處處可見，我以為大概咱們這一團就是在街上唯一的一群老中。真是沒有想到恰恰相反，東張西望到處都有東方面孔，所到之處人人都對著我們說：「孔你幾挖」。想必日本人早已搶先一步，捷足先登。

我們到了大小村莊，見到湖光山色，未經人工加料的原始美景，不料遊覽車一到達大停車場，幾輛超大的巴士下來的，不是韓國人、日本人，就是香港來的華人或是講閩南語的台灣人。這一次在路上倒是沒有遇到大陸同胞。可是我們的導遊說她是專帶大陸團，大多是土豪，而且出手大方，還送她名牌包包。土豪要買鑽石，導遊問他想買多大的鑽石？他說：「斤兩兒半的吧！」我一位在矽谷的大陸好友對我說：「Lily，你現在去是對的，因為大陸還未完全開發此地的觀光業，一但開拓疆土，你就會被自己同胞活活踩死。」

在斯洛維尼亞Slovenia，到了鄉村的一個小酒館，小小的十分雅致。沒想到走進去的第一個廳，全部都是韓國人，我們這一團則是坐在裡面的廳。等到我們吃完走出來後，韓國旅遊團已經離去。杯盤狼藉的桌上，發現每一桌都有高腳酒杯。美酒佳餚，花錢不眨眼，都是高消費者。看著小酒館內的侍者，進進出出的為這些東方人服務，不知道他們心裡是怎麼想？戰後國家亟需要緊急支援，連美國都向中國債台高築，小酒館裡面侍候華人又如何呢？

去的幾個小國家的廁所都還算乾淨，只有幾個小地方會收錢，也只有碰到一個地方廁所內沒有衛生紙。其餘有一半的地方都有廁所馬桶座墊紙，十分現代化。但是仍然坐不下去，經常看到都有尿滴灑在馬桶的座墊上。我總是皺著眉頭用衛生紙把它們抹乾淨，再用座墊紙，希望這不是我們中華民族做出來的事。

旅遊到了最後一天甚是誇張，我們去了歐洲第二大的洞穴參觀鐘乳石。在進洞穴之前，成百上千的東方臉孔在那裡排隊，等坐著小火車預備進入洞穴。火車就像東方快車一樣，一車一車的帶著大批大批的東方面孔下車，排山倒海，人來人往。在此，就連我都遇到兩位多年未見的老友，真是人生何處不相逢。讓我想到清朝末期、慈禧太后的年代，北京城內忽見一些穿著奇裝異服、口說番話的洋人，越來越多，北京城就這麼被佔領了。在洞穴內你擠來我擠去，說好了洞內不可以用閃光燈拍照，以免影響植物、動物及寄生物的生存，但還是看到劈劈啪啪的閃光燈在閃爍。

回到旅館看到了一團新進城的旅遊團，導遊用廣東話超大的聲音在大廳上為團友們解說。解說完畢，這一團的人蜂擁衝至電梯，拉著行李，誰也不讓誰的推擠，好像那就是最後一班電梯了。我看著酒店的員工搖搖頭望著我們，自己心中一陣不好意思，好像我們是一起的。我們在他心中，是不是叫他不得不為五斗米折腰，而吞下這口氣？

導遊說到哪裡都有中國人，鄉間、海邊、山裡、洞穴，無所不在，人山人海，真的要成日不落國。記得去年去了俄羅斯聖彼德堡的皇宮參觀，走進皇宮大院，左左右右都是大陸同胞，同樣是社會主義國家，他們的簽證容易許多，遠親不如近鄰。不像我們持美國護照處處刁難，最後只能和遊輪公司一起落地簽證，才踏上了俄羅斯的土地。走在皇宮大院，我還以為自己身在紫禁城呢！而千軍萬馬的同胞們都還沒到巴爾幹半島！東方人來到貴寶地是不是總會叫當地人留下一些深刻的印象？熱情的民族總是嗓門兒很大，像意大利人不但嗓門大，說話時還手勢動作一起來，沒事還會抱你一下。而巴爾幹半島的這些民族國家，大都悶不吭聲，低頭作事，不知道對亞洲人的萬頭攢動是何想法？

夕陽下的古城

飛機到達杜布羅尼亞（Dubrovnik），克羅埃西亞（Croatia），天上的雲彩已令我們驚艷不已，就連空氣都清新舒暢。出關時在機場大門旁見到一幅動人的海報，一座古城座落於懸崖邊，照著夕陽的餘暉，閃著金光。我心想，這是在騙誰呀？這世界上哪有這麼漂亮的地方？八成是電影海報，沒想到不到二十四小時，我便埋身在海報中。

克羅埃西亞位於東南歐，巴爾幹半島。以前稱為南斯拉夫，有七個國界、六個共和國、五種民族、四種語言、三種宗教、二種文字、一個國家。而杜布羅尼亞的發展是建基於海岸貿易，在中世紀時，它是拉古薩共和國的所在地，在當時亞德里亞海中唯一能與威尼斯匹敵的城邦。這城市憑藉它的財富及外交手段，在十五及十六世紀時的發展已經達到一定的水平。這城市也是克羅埃西亞語言及文學的中心之一，是不少詩人、劇作家、數學家、物理學家及其它學者的居所。進城第一天就來個傾盆大雨下馬威，我們在矽谷過慣了每日藍天白雲，此處大雨頓時令全團狼狽不堪。我們帶著雨具去參觀被形容為達爾馬齊亞地區最美建築的王宮官邸；歌德樣式的奧蘭多石柱、拜占庭式的大教堂、歐諾弗利歐水池及聖方濟各教堂等著名建築。

一切一切的在雨中行走，有的沒的，濛濛朧朧，下雨真掃興。

午餐過後，雨過天晴，開始往城牆上走，觀賞古城全景。這裡的天氣真的不客氣，城牆上全無遮陰，活活曬死，而且不能停，一路向前走。人山人海，你擠我，我擠你，團被打散，大家鬼叫鬼叫找人拍照。說是不能停，還是得停，海邊奇景，崖壁古城，說有多美就有多美。昨日機場的那張海報，是真的！這麼美的古城，誰捨得用砲彈打？我的大女兒畫油畫，來到這裡才知道，油畫老師都是用這裡的景點做模擬，原來美景都在我家牆上！

克羅埃西亞早在史前時代就有人類居住，公元前一六八年，羅馬帝國征服了這個地方，隨後匈奴人、東哥德人、及拜占庭帝國也陸續征服此地。一九九〇年南斯拉夫大戰，經過宗教戰爭，一個國家內戰之後成為六個國家，全市二十年前重建，沿海公路與咱們加州的一號公路有那麼點神似。地中間的海比太平洋鹹，含鹽十分高，而地中海的延伸就是亞德利亞海（Adriatic Ocean），我們就在這個美麗的海邊住了充滿回憶的三天。

克羅埃西亞不用歐幣，使用 Kuna，大約是一元美金兌換五個 Kuna。下午我們這一群健行隊決定去卡弗塔特半島（Cavtat Peninsula）環島健行。走走停停，自由漫步，不時把鞋子脫了，泡一下海水，氣候清爽，空氣新鮮，路邊有紀念品店及咖啡小座。吃個冰淇淋或是喝杯紅酒，來個下午茶，咖啡加甜點，細細品味小城風光，日子真好過，好像時間與我們無關。

水鄉澤國

這一次到巴爾幹半島，其中最主要就是為了今天的行程，普萊維斯國家公園（Plitvice Natiional Park），俗稱十六湖。這一站是我們這一趟旅行的最高點，也是最重要的景點，更是前南斯拉夫最綺麗的國家公園。普萊維斯國家公園建立於一九四九年，山、水、森林彷若一體，美麗而特殊的景色更是聞名歐洲的森林國家公園。傳言中這公園比九寨溝還美，又可以環湖健行，正合口味來一探究竟，說不定真的不用去九寨溝了。為了來拍

十六湖的水，還特別買了一架新相機，智慧型傻瓜相機，不但視屏大，而且有立即上網功能，分享照片，所向無敵，只要是我「非死不可」的朋友，兩肋插刀，父老兄弟姐妹都可以立即看到。機在人在，機亡人亡。

十六湖分上湖區及下湖區，十二個上湖，四個下湖。全程走完大約是二十英哩，算算也得走個二天，還需加上停下來拍照吃午餐什麼的。上湖區，以壯麗的景緻和氣勢磅勃著稱，有茂密的森林、清澈綻藍的湖泊以及湍急的瀑布，於峰巒疊綠之間氣象萬千，走到峽谷高處，由上往下俯瞰，層層相接的大大小小湖泊一覽無遺。下湖區，鍾秀的山水綠林，聯合國文教會將其明列為人類世界少數的自然珍貴保護遺產。十六湖四季變化氣象萬千，各有各的美，我們磨拳擦掌，興奮萬分，恨不得睜大眼睛，將此一人間仙境，全部刻入腦中，成為永久的記憶。

好日子到了，睡了一個飽足的覺，吃了一頓飽足的早餐，往外一望，怎麼回事？下雨？酒店內有賣雨衣，大家把雨具全都帶上，可是沒有人帶雨鞋。這可怎麼辦？出門前，在最後一秒鐘將我的防水登山鞋從行李箱拿出來，為了拍照美麗，換上了這雙通風的耐吉球鞋。通風透雨，一走出酒店門口，水直灌鞋內，連襪子也溼了。這樣的情況，由早上九點到下午五點，腳趾泡到發白發皺。大遠跑來，天公不做美，但是團友們個個氣勢高昂，沒有一個人打退堂鼓的。大筆銀子花了，下刀子也得去。

我們在雨中，等巴士、擠巴士、下巴士，先去了上湖區，一切都在煙雨濛濛之中，水花雖美但烏雲密佈，我想拍的湖上倒影成了不可能任務。湖面棧道忽上忽下，忽左忽右，風景秀麗，想必當年棧道工程十分艱辛，巧奪天工，一切都是如此的美好，除了天氣不爭氣。大大小小的瀑布、湖泊，景緻秀麗、迷人，沐浴在山林之間，真的有人間仙境的感覺。雨不停的下，止不住大家拍照的熱情，有人用塑膠袋裹住相機，有人把相機往雨衣裡揣，有人拍照時，雨傘遮著相機，寧可自己淋雨。相機壞了，下面的行程可不是開玩笑的。上湖區就在這麼迷迷濛濛，窘迫之中算是走完了。

到了中午，播雲見日，雨總算停了。大家邊吃中飯邊晾乾，以及擦拭寶貝相機。下午是去下湖區，因為不下雨，所以原本不開的渡船也開放了。在船上太陽露臉了幾分鐘，於是大家搶拍水中倒影，如果能拍到，那天算是幸運兒，就那麼會兒，又是愛下不下的烏雲來來去去。下湖區的瀑布壯觀許多，一層接一層，源源不斷，最有名的步行水上棧道，沿壁行走也就在此。但是我們巧遇一百五十年未見的大雨，大雨傾盆，河水氾濫，下湖區許多的水上棧道也已被淹沒，而那又是去沿壁棧道的必經之路。由於淹水，去下湖的路都已封閉，黃色警戒線也阻住進口，導遊不得不提早結束行程。有幾位團友不甘心就此打住，跨越黃色警戒線，問我要不要一同前去？我猶豫了一下，他們就一轉眼的都不見了。我不停的回頭，有團友問我是不是不死心？我當然不死心，但是我的雙腳被水泡了一天，實在難受，這輩子還沒有這麼慘過，落湯雞做一天。另外在美國登山，我也一向很守規矩，不能跨越的地方一定不去，想想國家公園設立警戒線必有他的道理，應該尊重他們。沒想到我這一個奉公守法的一念之間，卻叫我後悔不已，個個下去過的都說下面有多美，由下往上看大瀑布的景色多麼壯觀，恨不得時間倒轉，我由岔路下去。其實下去後也走不遠，因為洪水氾濫，淹沒棧道。兩天之後，十六湖國家公園關閉，因為洪水將部分棧道衝斷。想想寥勝於無，我們至少到此一遊，下次一定要來走兩天，全程走過一遍，痛痛快快。

這一回出門，一年四季的衣服都帶上了，薄至比基尼，厚至羽絨衣。不怕它熱也不怕它冷，沒想到被一場雨打得落花流水。據說拿破崙的滑鐵盧戰役，也是因為一場大雨而讓敵軍援助及時趕到，加上通訊不良而兵敗如山倒。晚上住在國家公園內的酒店，洗完了澡去吃飯，聽說有人向餐館侍應生要塗麵包的牛油招拒，早上也有人因為用玻璃杯裝熱水挨罵。第二天吃早餐時注意看看，那些侍應生真的很像警察，個個人模人樣，可

是兇巴巴的。拿兩個橘子也會問你，是否吃得完？有人想早餐時包個三明治帶走，也都像做賊一樣。國家公園，國營企業，所以在職人員都是公務員，不陪笑臉，奉公行事，上下班制，不需要服務態度。害我吃個早飯，心驚膽跳，不停張望。

第二天，巴士帶我們去一個水鄉澤國，驚艷小鎮。一個瀑布與水車聞名的小鎮——羅斯托克水上村莊（Rastoke-Slunj）。這個村莊的地方雖然不大，但高低不平的地勢，房子卻也屹立不搖，實在令人稱奇。十六湖水流經於此，再由內陸注入黑海，整個小鎮包圍在各式各樣的瀑布中，除了水聲，還是水聲。小鎮是個自然保護區，香煙裊裊，紅色屋頂，原來童話中的小屋都在這裡，找找看白雪公主和七個小矮人住哪一家？

Zimmer 的文字倒處都有，就是旅館，處處也有掛有 Sobe 的招牌，也就是民宿的意思。這裡水聲轟轟做響，晚上能睡得著嗎？在這個水域區的小鎮，以前還是奧地利皇室渡假區。小鎮奇特又可愛，昨日在十六湖的不爽，都因它而抹去。

蔚藍海岸

克羅埃西亞的伊斯特拉半島（Istrian Peninsula）——一個要由天空鳥瞰才會看到它美麗的氣勢。浪漫的漁港羅維尼（Rovinj），素有克羅地亞威尼斯之稱的海岸，小鎮的魅力因一輯 Canon 500D的相機廣告而世界知名。它像是一枚錢幣，僅僅一角連著大地。由外自內一路上坡，我們邊走邊鬧，不一會兒就到達頂峰教堂，它位於小島的正中間。頂峰往山下看，全是紅頂的小屋，山下有個市集，可以買到松露，一磅三千歐幣，怪怪隆的咚，比用鼻子吸的那玩意還貴。不過就是某種香菇，吃了也不養生，只是有它自己的一種獨門野味，其中白松露最為珍貴。我和大伙兒湊熱鬧，買了一瓶，花了我不少銀子，到現在也不知道該怎麼吃。

我們在一家以老牌電影《北非諜影》（Casablanca）的餐廳內吃飯，廳內牆壁上、天花板都是用各式古老樂器做裝飾，十分有意思。外面街頭在賣冰淇淋，我問店主，是哪種口味？她一一說明，可是我一句也聽不懂。看到檯上有試吃的小湯匙，問她我是否可以試吃？她一句「NO！」就把我打發了，這裡的人還真直爽，不囉唆，也不和你客套。

下一站去哪裡？怎麼又是古羅馬競技場？來去歐洲已見了四個大小不同的古羅馬競技場，而且都是在海邊，真的是條條大道通羅馬，可見以前羅馬帝國威風八面、勢力有多麼強大！城裡到處都是羅馬古蹟，而這一座世界前六大羅馬競技場之一的普拉競技場（Pula Arena），建於西元一世紀皇帝維斯帕先在位時期，競技場成橢圓狀，約有二萬個座位。市中心的黃金拱門是以黃金裝飾，雕刻豐富而得其名。古羅馬市集中現今僅存的羅馬遺址奧古斯丁廟依舊豎立。這個座落於普拉的競技場，使我想起多年前看的一部電影《神鬼戰士》（The Gladiator）。一位鎮國大將軍淪為奴隸，但在競技場內反敗為勝，得到全民的愛戴。在此一競技場，又不知曾死去多少英雄好漢？

我們住在亞德力亞海岸邊的歐帕提亞（Opatija），這裡曾是塞尼和奧匈帝國的休閒地，有優美的山水和景緻的花園宮殿。迷人的歐帕堤雅，我們享受這海闊天空的自然景緻。在一處斜坡彎道旁的餐廳用餐，感覺像那居住在海邊崖線的摩納哥，一個懸崖邊的小國，彎彎曲曲。此地從前大多是皇宮貴族渡假的蔚藍海岸，有五星級酒店及賭場。

路旁有吸引人的咖啡館，啜著白咖啡、嚐著拿破崙，我們也要像古代悠閒的貴婦。大家仍舊不想放棄冰淇淋，叫了一份大大的彩虹冰淇淋，說好了大家要像貴婦在高級酒店的陽台喝下午茶、看夕陽。漂亮的冰淇淋一來，餓虎撲羊，三下兩下就杯盤狼藉。大伙兒看看自己那副饞像，怎麼也不像皇宮貴族的貴婦！

夕陽西下，路旁有賣煮玉米，貴婦們見了玉米，不禁流口水。一人一個熱呼呼的，就這麼啃將起來，走在海的旁邊，真有那麼點流浪到淡水的味道。路旁見到幾塊大石頭，圍了一個大圈，不知道是什麼藝術品？有人提議來玩大風吹，一人佔了一塊石頭，驚聲尖叫，瘋狂搶石頭。想必當年的皇宮貴族一定沒有像我們這麼開心。

戰後風光

離開了蔚藍海岸，開始進入山區，由山上往海岸線看，每一個彎處都是美景。進入 Bosnia 等於是出了一國，所以入境、出境，在山區內排隊蓋章，原有的網路也不通了，看得出來是一個苦難國家。山路邊的石頭和加州優勝美地（Yosemite）的石頭很像，也有類似舊金山 Lake Merced的山邊潺潺流水，又像瑞士的湖光山色，大家都摒住氣息，生怕太重的呼吸會破壞了美景。

我們在 Tvrdos 一處修道院稍做停留及參觀，十分幽靜，獨在深山中，不食人間煙火。沒有煙火，可是有酒，而且是美酒。我們參觀了他們的木桶釀酒室，以及品嚐了幾種不同的名酒。一些團友買了幾瓶。真沒想到，過了這個村，就沒那個店。一路走下去，這裡的酒最好喝，沒買的都後悔了，只有拿著酒杯，到處請人施捨。

車子繼續往下開，到了一個前無古人，後無來者的與世隔絕的小鎮——斯托拉茲（Starloct）吃中飯。看到小鎮的牆壁上滿是彈孔及砲洞，飽受了戰爭的蹂躪，卻沒有經費修補、重建。全鎮一點聲音也沒有，好像仍在備戰狀態。從前在歷史書上學過，這裡是歐洲的火藥庫，戰打個沒完沒了。斯托拉茲是一天主教小鎮，所以有烤豬排可以吃，而且做得還真好吃！我們這一群不知死活的在此嘰嘰喳喳，大口吃肉，大碗喝酒。小鎮上什麼人都沒有，會不會吃到一半，有人拿衝鋒槍從廚房跑出來？

一群不怕死的吃完飯和彈孔合照完便往前行，途經擁有許多座城堡的古鎮，到達莫斯塔爾（Mostar）。莫斯塔爾座落在貧瘠山區一座幽森的山谷中，仍然保持著奧斯曼時代的風情，可以說是東歐最美的城市之一。連接內雷特瓦河兩岸的老橋修建於一五六六年，世界聞名，我們安排參觀了莫斯塔爾歷史悠久的清真寺。莫斯塔爾在二〇世紀九〇年代的戰爭中被毀，但戰後得到精心重建，如今它已成為波黑歷史的有力見證和美麗象徵。其中最特殊的是一座栱形的大石橋——Mostar Bridge，這一座橋是一個四教相隔，或是可說四教相會的橋，當時這個國家有：東正教、回教、基督教、猶太教。這一座橋近看、遠看、內看、外看都漂亮，是一個藝術品。可是為什麼是用大理石建造？經過多年的風霜雨水，大理石光可鑑人，問題是滑死人。一位團友滑了一大跤，破皮見血，我則是幾乎用爬的過了栱橋，也救不了她。鎮上的路，全是用凸起的小石鋪的，我那一天穿了一雙軟木塞底的涼鞋，平日走路健步如飛、輕鬆愉快，那日狼狽不堪，好像台灣大澡堂內地上鋪的「按摩石」，我邊走邊唉唉叫。

這裡的種族人高馬大，肉食動物，個個二米高，我們像一批矮人族，拖著行李滿街跑。可是旅館的淋浴間卻是又小又窄，轉身都困難，我真懷疑，他們洗澡洗一半肥皂如果掉了，如何撿肥皂？在電梯裡遇到了一排高先生，我問了他們這個問題，他們說他們的肥皂不會掉。這裡夏天高達攝氏四十二度，冬天零下二十六度，導遊說，冷到扒手都把手放在自己的口袋裡（而不是別人口袋）。

首都塞拉耶佛（Sarajevo）是一個回教城市，不能吃豬肉，也是前南斯拉夫首府，每日有五次的朝拜，每拜之前，必須淨身。塞拉耶佛位於群山包圍的塞拉耶佛河谷之中，是個有豐富歷史的城市。在土耳其區看得到不少的清真寺的圓頂和宣禮塔，塞比利噴泉廣場（Sebilj Fountain）是土耳其區的中心廣場，也是古代馬車必經之路，馬累了，泉水解渴，以便再出發。石板路鋪陳的方式，以及路邊紀念攤所賣的紀念品，處處是伊斯蘭教風味。曾經做為市政廳所在的國家圖書館，即使受戰火的襲擊，仍然是一座美麗的建築。接著參觀拉丁橋，從此地傳出的槍聲，是第一次世界大戰的導火線現場，橋附近的塞拉耶佛事件紀念碑詳細地描述了當時的事件：一九一四年六月二十八日，奧地利皇儲及皇妃，曾經在此被殺而引起了第一次世界大戰。殺手據說是伊斯蘭教分子，窮困國家，好像戰爭昨天才結束。一九八四年的冬季奧運也曾在塞拉耶佛舉辦，運動場做為足球比賽和音樂會的場地。古城中不時可見「塞拉耶佛玫瑰」在提醒世人戰爭的可怕。經過八萬人民的對抗，此地的戰爭一直到一九九五年十一月才結束，導遊說，那時他才十歲，每天除了在防空洞內自製蠟燭，就是問自己今天如果沒有被打死，明天能吃到什麼？每天只能假裝有日子可過。這一次的戰地旅遊，可以說是曾經去過和戰爭最接近的地方了。

阿爾卑斯山下的日月潭

這一次大家出來，每個人喜好的景點都不一樣，而這一站則是我的最愛，我叫它「阿爾卑斯山下的日月潭」——布列德湖（Lake Bled）。長了這麼大，今年才去過台灣的日月潭，兩者真的是有點異曲同功之妙。開往布列德湖，一路山景令人陶醉。大巴路經許多小村莊，司機先生的技術真的高超，幾次都覺得要撞上路邊村舍，捏了不知幾把冷汗！忽的一見，看到我的夢中小屋：藍天、綠地、白牆、紅瓦，百花爭豔，草木扶疏……原來這一輩子，夢中小屋是藏躲在這裡，找了我一生一世！

布列德湖是一個避暑勝地，夏天湖中有划船比賽，冬天湖水凍結，湖邊山上有一處滑雪勝地，此地三小時可到意大利，兩小時可到奧地利，所以也是運動員的天堂。此處只有六千居民，我們將有時間漫步在茂密的樹林間，享受浪漫舒適的氣氛，有各式各樣的遊湖方式，於是我決定騎腳踏車遊湖一圈。

好久沒有騎腳踏車，踏上去才想起這陪我長大的舊愛鐵馬。踏著腳踏車，踩著夕陽西下，清風徐來，穿過我的髮梢，望著湖中心格林童話中的古堡，開心得不得了，我邊騎邊大聲狂叫，世界上怎麼有這麼棒的地方！

邊騎邊想：「我嫁給誰會這麼快樂呀？」這一分鐘，就是這一趟旅遊的最高點。第二天仍舊不捨，再同團友，共乘馬車，再繞一圈。馬車後面幾位肌肉男騎著快速腳踏車，被卡在我們後面，我們驚聲尖叫、拍照，互相問好，在寧靜的馬車途中，多加了一小段插曲。

湖畔懸崖之上有一布列德城堡，城堡是由德國國王於十一世紀建造，是斯洛維尼亞最老的古堡之一。冰河時期高聳於湖面上一〇〇公尺，在這裡居高臨下是拍攝到布列德湖景的最佳地點。古堡內有一古老油印小舖，仍舊保留其古代風貌，可以在這裡擁有一份古式印刷。樓上有照片展覽館，全是布萊德湖春夏秋冬各種角度拍攝出來的照片佳作。古堡內最重要的一處是一個十六世紀的小教堂，另有一個精美的博物館和餐廳及酒窖。由古堡往下看，可以清楚的看到湖中修道院，我們搭乘別緻的小船登上布列德湖中小島，聽說至教堂許個願，敲個願望鐘，也許會美夢成真！

午後我們在這美麗的湖畔散步，看到一處有正宗奶油蛋糕，當然一定得品嚐。配上白咖啡，蛋糕入口即化，並觀賞眼前湖面美景，真是天上少有，地下無雙。夜晚古堡上夜燈照明，古堡像一塊透明光潔的琉璃瓦，我帶著新買的智慧型傻瓜相機，希望它能爭氣一點。因為沒有帶三角架，我就用雙臂架在公園的椅背上，不敢呼吸。就這麼夜深人靜不怕死的一個人搞了半小時，拍攝結果十分令我滿意，清楚到可以夜襲古堡，馬上秀給全世界的好友看。

第二天早上我們來到這裡的一個古老的火車站，布列德湖清晨的湖光山色，層層霧氣延綿不斷，山水有如在古畫中，像極了南投日月潭。參觀的這一個古老火車站來頭不小，就是頂頂大名的東方快車的首站。當年奧地利皇儲及皇妃就是來此為火車開通剪綵而被刺殺，因而引起了第一次世界大戰，當年皇妃年僅十九歲。

湖光山色，美不勝收，令人沈醉其中留連忘返。難怪 Angelina Jolie和Brad Pitt 老往這兒跑。世界多少好地方可去，要重複不容易。但是這裡，我太願意再次與此地的山水同聚，下一次來，要在這崖壁上中世紀古堡餐廳，吃上一頓美酒佳餚。

老祖宗的遺產

在沒有來到黑山之前，以為黑山是一座黑色的山。來了之後才知道原來黑山是一個國家，而且是一個十分小的國家。我將黑山的英文名字拆開來唸，才知道中文是意譯。我們一行人由克羅埃西亞往南，行車約七十

公里，一路山光水色、高山湖泊、森林茂密、峽灣壯麗。原來黑山躲在左拐右彎的峽谷山邊，如此的天然屏障，要攻打也不易。我們車開到峽灣最窄處，乘坐渡輪到對岸，才拍了兩張照片就到了，省了不少山路車程。來到黑山就知道什麼叫做黑山！山上的黑森林在陰影下真的是一片漆黑。

車子繼續往前到達港口科托爾（Kotor），它在十五－十八世紀時屬於威尼斯共和國，故深受威尼斯建築文化之影響，其環城古城牆仍保存良好，並為聯合國教科文組織（UNESCO）評定之世界文化遺產。科托爾海灣又號稱是全歐洲最南端之峽灣Fjord，參觀建於十二世紀之聖特勒弗（St. Tryphon）天主教堂。往山上一瞧，千年古堡、懸壁長城，這樣的鬼斧神工，我在中國大漠見過，原來這裡以前也有過秦始皇？可以往山上走，全部爬一爬，不知道是時間不夠，還是體力不夠，大家都沒有爬。主要原因可能是我們光站著就快熱暈，真為以前那些駐守長城的士兵感到辛苦。

接著繼續前往距此不遠之布德瓦（Budva），這裡的海灘被評選為世界最好的五個海灘之一，眼見為憑，不止是風景美，人也美，美女出產地。它是亞得里亞海岸最古老的港口，已有二五〇〇年歷史，也是蒙特尼哥羅的觀光業中心，只有一萬人口，但夏季最少吸引超過二十五萬觀光客！

黑山共和國於二〇〇六年六月三日正式宣佈獨立，聯合國大會在二〇〇六年五月二十八日一致通過決議，接納黑山蒙特尼哥羅(塞爾維亞語：黑山之意）共和國為聯合國第一九二個成員國。此地冬天氣溫嚴寒，夏日炎熱，四季分明。山城中小店紛紛，都是吃老祖宗留下來的遺產，隨便一個小店，擺上幾個小桌，就是一個十分有情調的小咖啡廳，不需要加添任何人工色彩，十分有味道。

另一個吃盡老祖宗遺產的地方，最具代表性的非斯布利特Split莫屬，它是昔日羅馬皇帝戴奧克里西安（以基督徒餵獅子而聞名）大力建設之名城。它被列入世界文化遺產的羅馬皇帝戴奧克里西安宮殿遺蹟、宙斯神殿、曾經舉辦過歌劇「阿伊達」的大廣場等；中世紀時期建造在古代的陵墓上的大教堂是十二到十三世紀的羅馬式教堂、中世紀的防禦工事、十五世紀的哥德式宮殿，以及其他文藝復興時期和巴洛克風格的宮殿，構成了保護區的其他景點。

這裡是克羅埃西亞在亞得里亞海岸最大之城市，走在街上，有點像四十年前的台北，但古城中又是獨具一格。古代的羅馬帝國曾經橫跨歐、亞、非三洲，也包括了整個地中海的沿海陸地。公元三九五年，羅馬帝國分裂為東、西兩個政權，西羅馬帝國在公元四七六年亡於日耳曼民族。東羅馬帝國（即拜占庭帝國）到公元一四五三年被突厥民族擊敗。拜占庭帝國定都於君士坦丁堡，統轄歐洲的巴爾幹半島。在斯布列特古城中仍舊清晰可見當年的盛況，我們參觀古城，城底曾有過千年堆積的垃圾，垃圾花了三十年才清除。這裡要感謝古人的慵懶，垃圾保護了古蹟的存留。古羅馬帝國設計了許多智能一等的建設，除了利用紅磚做成的防地震系統，又築了五公里的水道引進山泉做飲用水。當時的人雖然沒有高科技，但是有一顆不放棄的心。古城中有許多埃及文物、石刻及雕像，原來真正的 Lvxor 是在這裡。

斯布利特是一個現代與古代交化在一起的城市，古堡內可以居住。巷弄內的咖啡廳，以古城牆做裝飾，再自然不過，老祖宗留下來的遺產真好用。兩年前曾乘遊輪到此，買了當地土產，一副紅珊瑚耳環及項鍊。無奈耳環買得太大，重得我耳朵痛。有幸再來古城，買了一副小巧點的，高高興興完成任務。

另外去了文藝復興城市的代表旭本尼克（Sibenic），我們參觀以白色石灰岩打造的聖雅各大教堂（UNESCO, 2000）。始建於一四三二年的教堂，耗時一個半世紀才告完工，文藝復興式的哥德式拱門的組合相當特殊，教堂外牆的七十四顆人頭及動物雕像尤其吸引遊客目光，生動呈現十五世紀此地市民喜怒哀樂各種神情。看到這些巨城古堡，想當年的羅馬帝國跨越歐亞帝都，真的是固若金湯，世世代代不失英雄本色，供給後代人參觀，也算是老祖宗照顧子子孫孫。

祕境山水間

如果說是哪一個國家讓人大大驚艷，那非斯洛維尼亞（Slovenia）莫屬。它的美，不是粉飾裝修的艷麗型，而是自然美景，上天下地、山水相連、群山如畫、百花盛開，沒完沒了。到了這個國家在旅館內收到的電視大都是是奧地利台，看看手機才知道已和義大利十分接近。西元六世紀時，南斯拉夫人遷徙至斯洛維尼亞定居，西元一三三五年為哈布斯堡王朝統治，一九四五年成立南斯拉夫聯邦共和國，一九九一年宣布獨立。斯洛維尼亞北接奧地利，西接義大利，東面有匈牙利，南面則是克羅埃西亞。

此地人口只有二百萬人，大約和美國紐澤西州（New Jersey）一般大小，人民月俸九百歐幣，但是稅收高達六四．七％。我們就住在離義大利邊界一公里處的賭場內，進入賭場內有如出入境一樣，要查證件、拍照才能進入賭場。大家都進去瞧瞧，很少團友賭，都是進去換歐幣，因為匯率超好，又不收手續費。

我們前往斯科契揚洞穴（Skocjan Cave），此特殊的石灰岩洞系統包括坍塌的落水洞，有深達二〇〇多公尺、約六公里長的地下通道，還有許多瀑布和一個已知的最大地下洞穴。洞穴內有一條聲名遠播的（Nature Bridge）約一〇〇公尺深，十分壯觀。也看到許多岩壁小道，都是我們可望不可及的，導遊說那都是探險隊才到得了的。我去過許多洞穴，但是這一處與別處不同，上上下下，別有洞天。洞穴下轟隆隆的水聲，大水滂沱，回聲不斷。我們出了洞口，導遊問我們要爬山回到進口處或是乘電梯？我們當然選擇爬山。

這一爬，非同小可，爬山越嶺，柳暗花明又一村，處處驚艷。這一個洞穴真的和其他的洞穴不同。左拐右彎，瀑布直衝山谷，我們順著山崖深谷一路往上爬，除了上還是上，爬得汗流浹背。導遊覺得很奇怪，為什麼不乘電梯，兩下就上來了！若是乘電梯，我們就看不到如此美景啦！

下午驅車前往參觀著名的喀斯特地區利比卡（Lipca）的養馬場，其中著名的利皮札種公馬是維也納的哈布斯堡家族自一五八〇年開始畜養。我們欣賞了一場別開生面的馬術表演。這些都是皇族的純種馬，雄赳赳、氣昂昂，神氣的不得了，分列式、交錯式、前踢腳、後踢腿，不過馬膽子好像小了點，我們一鼓掌，立即嚇到驚慌失措，大亂陣腳。接著我們在馬場看著上百馬匹的懷孕母馬，由草原奔跑回營，十分震撼。有的母馬肚子很大了，走不快，但都被細心照料，因為生出一隻名種馬，可價值歐幣三十五萬元。

我們沿著阿爾卑斯山的山脈，路途許多祕境，其中一處 Skofja Loka，一個與世隔絕的鄉村小鎮，純樸素雅，遠離塵囂，不知今夕是何夕。不小心拍到一張橋上倒影，竟然是小鎮的地標。這裡每個小鎮都有一個教堂、鐘塔及廣場，房子不能蓋超過教堂，因為那是離上帝最近的地方，古代教堂必須負責報時，所以鐘塔一定在旁邊，廣場則是大眾聚集以及市集處，十分實用。

斯洛維尼亞的心臟地帶位於美麗的山谷中，是一個種滿葡萄的葡萄國，出產美酒。午後我們去一處峽谷（Soteska Vintgar）健行，這裡是大部分團友認為此行最美的地方。我們走在深山峽谷，流水潺潺，時而洶湧，波濤聲隆隆。我們就夾在萬丈深崖壁的棧道上沿壁行走，時而過橋、越水、穿過瀑布，可說是登山健行的極品。來來回回，去去往往，不知拍了多少照片。走到盡頭，一處深山瀑布，直衝谷底，往回走，更漂亮，因為水都向著我們流。登山至此，夫復何求？山水峽谷，盪漾自然，空氣污染不在這裡；矽谷缺水，幾百年後也難成此氣候。Soteska Vintgar 冬天攝氏零下二十度，有膽可以來看冬景，必定永生難忘。

抵達首都朱布亞那（Ljubjana），它是斯洛維尼亞的政治、經濟、文化中心，市區中猶保存著羅馬帝國時代修築的城牆及美麗的馬賽克地板，此城受奧地利影響甚大，整個街道呈現奧地利風格。我們乘坐纜車到山上看山頂古堡，古堡俯視，全市三百六十五度一覽無遺。朱布亞那最特殊的雕刻就是火龍，在橋上、在殿堂、在中庭，處處有火龍。我問導遊，是否有火龍的傳說？她回答，古老時，這裡曾經傳說在海裡殺死火龍的故事，所以處處有火龍雕像。朱布亞那是前南斯拉夫的首都，如今南斯拉夫分裂成六國。街頭有吉普賽人唱歌，另有一處像是士林夜市般的各式小吃，熱鬧的市集，大家流連忘返，荷包重挫。

最後一站是造訪歐洲最大最美的天然鐘乳石洞，波斯托伊那鐘乳石洞（Postojna Cave），它被喻為石洞之王，必須要乘坐石洞列車才能入

洞。列車穿梭在造型各異的鐘乳石間，深入地層參觀各種形狀石筍及石柱。石洞始於五百萬年前，因為此地下酸雨而形成碳酸鈣石洞，水滴在百萬年間永不間斷的滴下，在一片漆黑中雕刻出了美麗的地下世界。石洞內為一百五十種動物提供天然棲息地，這些生物早已適應石洞內極端黑暗的嚴酷生存條件，堪稱世界之最。石洞內最負盛名的生物「石洞人魚」（Human Fish）莫屬，魚無鱗，外皮滑如嬰兒皮膚，人魚沒有眼睛，游來游去，黑暗中我看到四隻。讚嘆大自然是如此神奇，就連皇室參觀時也不曾有過如此的感動。

十五天的行程就這麼的結束，惜別酒會上六對恩愛夫婦以及十二金釵，大家把在巴爾幹半島購買的戰利品都往身上掛得滿滿。漂漂亮亮的來參加，依依不捨的說再見。酒會上仍舊作風不改，大碗喝酒，大口吃肉，大快人心。

同遊波羅的海

中國胃

我的一對同學夫婦，一輩子沒有來過美國，好不容易半退休，有機會出國，參加了十幾天的美西團。預備遊畢和一群老同學們相聚，我也早早把時間挪出，大家相見好好聊聊。到了如期相見的時間，見到他倆混身不對勁。問他們是否身體不適，倒也沒有，就是說不上來的不舒服。問問他們這十幾天都吃了些什麼？他們說吃的都是美國食物，很不習慣。好啦！我說你們需要醬油、豬油和味精！於是帶了他們吃了幾頓又油又膩的中國餐。幾頓之後，兩人笑臉迎人，恢復正常，找回自我。

這已經不是我第一次經歷這樣的事了，幾次和朋友們旅遊，玩了幾天後，都要找中國餐吃，就算是蛋炒飯、酸辣湯都可以。尤其和老人家旅遊更是如此。記得有一次和家人相聚，一同乘遊輪玩地中海。在海上十幾天，每天都是五至七道的美酒佳餚，幾位老人家吃到個個都打退堂鼓。每天跑到「包肥」餐的地方，求求大廚做個辣椒醬炒飯。有一天大家到了西班牙的巴賽隆那下岸，找了一家溫州人開的中國餐館，請他們做一大鍋陽春麵。溫州人不懂什麼叫做陽春麵，問說雞湯麵可不可以？老人家們聽了口水都流到地上了，煮了一大鍋都不夠，又再加煮一鍋。老闆看我們怎麼這麼可憐，問我們從哪兒來的？原來是從豪華遊輪下來的，難怪餓得不像話。

今夏帶著老人家們同遊波羅的海，不到兩天，老人家們就要跳船。到了瑞典，第一件事就是要找中國餐館，覺得已被折磨到快成了外星人。

有一回在友人家用餐，她拌的沙拉醬是怎麼吃怎麼對味。問了她這醬料是怎麼調的？她唸了瓶子上的作料：醬油、麻油、芝麻醬……難怪大家吃得全身順暢。中國人的中國胃是該怎麼說呢？沒個醬油或熱炒就不來勁。

許多年前參加一個婚禮喜酒，宴席設在紐約中國城的某某皇宮大酒樓，是一家有名的粵菜餐館。一上桌，轉盤上就擺上了十幾種沾醬，我們不知道上的哪一道菜該沾哪一碟醬料？每吃完一道菜，服務生就帶走一碟醬料，我們就恍然大悟，剛才那道菜原來應該沾那一碟醬料。中國菜由南至北各有各的特色，不用說是中國胃，就算是南方胃，也適應不了北方食物。

在遊輪上看著各式的山珍海味，忽聞一股熟悉的味道直撲而來。原來是一群年紀不老的老中，熱乎乎的吃著自備泡麵。看樣子為了好好照顧著中國胃，眼前的山珍海味，連碗泡麵都不如。

寧靜

以前的我，十分不喜歡乘船出遊，因為會暈車、暈船、暈飛機，能暈的都被我暈到了。暈的我暈頭轉向不說，不但不能享受美食，而且也不能享受窗外的美麗風光，連與我同遊的家人或朋友都一起遭殃，因為要我做什麼都沒興趣。吃了暈船藥就更別提了，整天昏沈沈，吃也睡著、玩也睡著、看表演也睡著，十分沒禮貌。

這幾年鼓起勇氣，選了巨輪和比較寧靜的海洋出航，情形改善許多。巨輪上的美食自是不在話下，二十四小時無限供應的包肥餐，另有超大的泳池、溜冰場、電影院、小型賭場、籃球場、跑道、攀岩及沖浪。每日還有不同的比賽，我就參加了乒乓球賽及高爾夫球賽。船上有健身房、蒸氣室、按摩房、美容院，吃了怕肥，都可以修正一下，以備再出發。

另外每日還有不同的講座，告訴你下一個國家有什麼人文風光、歷史地理、文物收藏。就連逛街也是一門學問，到哪兒買？買什麼？設計師的名字，什麼是當地土產、紀念品？甚至有珠寶、皮衣展示，也可當場試穿試戴。船上也有名畫、名酒、名雪茄的品嚐、鑑定。晚上的七道菜加上好酒，大廚帶領的幾百個小廚做出來的佳餚，每天不一樣，都是盤

盤精彩。船上有好幾個廳有不同的樂隊，表演各式種類的歌曲，曲曲不同凡響。咖啡廳也有大、中、小提琴演奏，點什麼有什麼，都難不倒他們。他們似乎不睡覺，只要我醒著，一定都有人演奏。自己想要唱一曲，也有卡拉ＯＫ可過癮一下。晚上的重頭戲都是請專人表演：世界各地的歌舞表演、魔術、鋼琴演奏、橫笛、各國奇形怪狀的樂器、雜耍、講笑話。如果靠岸過夜，更會邀請當地的表演家來演出。覺得物超所值，以同等級的佳餚和演出水準，似乎在陸地上要更為昂貴些。

乘遊輪最大的好處就是旅遊不用每日打包整行李，第二天醒來就將你帶到不同的國家。白天登陸玩、晚上吃飯、看秀、跳舞，第二天又是一條好漢，重新再來過。就算是在海上航行的日子，每一個小時都有很多選擇，可參與不同的活動，使我疲於奔命，忙得不易樂乎。

今晨醒來，過了一個國家，由於時差關係，甲板

上沒什麼人。幾位早起人士，看海、看書、喝著香醇的咖啡，我也來上一杯。一隻海鷗飛落在我身旁，一起和我看著靠岸的海港，分享這一份早晨海上的寧靜。今天到達的城市是斯德哥爾摩（Stockholm），是瑞典的首都，是文化、傳媒、政治和瑞典的經濟中心。美麗的港口，在這寧靜之後，不知道會帶來什麼樣的驚喜？

Faberge 的經歷

今夏有幸與分散在世界各地的家人相聚，相約在北歐的巨型遊輪。由北海進入，同遊波羅的海，路經許多美麗的港口及嚮往以久的國家，一同暢遊景點。其中旅遊的最精彩及重頭戲就是到俄羅斯的聖彼得堡（St. Petersburg）。七月的俄羅斯仍舊需要穿夾克，可以想像冬天時寒風刺骨，可能冷到呼吸都會困難。

乘豪華巨輪有個好處，就是在海上航行的時日，船上都會舉辦多場知性演講。一些著名大學的教授都應邀上船，開設各式教育性的講座，講解下一站國家的歷史、文化或是教學認識名畫、雕像。否則到了博物館站在名畫面前都不認得。書唸得不夠，或是犯了暫時性老人痴呆，忘了唸過什麼，到這個時候臨時抱佛腳惡補一下，十分有用。

這次其中的一個演講就是有關於 Faberge，法國著名珠寶首飾工匠所製作的彩蛋珠寶，大多為觀賞用。這讓我回想到多年前的一段經歷。Faberge 是俄羅斯的國寶之一，是沙皇時期皇室之間的贈禮，精心打造，其中最有名的就是蛋形設計的 Faberge。蛋打開之後，中間另有天地，每一個都不同，是珠寶界的上上極品，也是皇室珍藏的古董。

那一年與學生時代紐約的一位老友相逢，他因為家族企業十分成功，因此有許多餘錢，希望我能為他開 Faberge 展示會，以便他的家族能與主流社會打交道。當時他手上有四十九件 Faberge，希望在歐亞澳幾個大國的首都做展示。我想怪怪，可真有錢！Faberge 的價值每個都以美金百萬來計，舊金山的博物館也不過十幾件，他家就將近有五十件！

當時我有一位好友在蘇富比（Sotheby）做亞洲區代表，蘇富比是世界有名的拍賣場，專門拍賣古董、名畫及一些名人遺物。心想此事經由她幫忙準沒錯，她滿口答應，而且第一件事就是將這些寶物送到倫敦鑑定。鑑定報告書很快的就寄回來，說這些寶物不是假的便是毫無價值，看到這些報告，我都傻眼了。花了幾千萬買的四十九件，居然沒有一件可用！

我問我的朋友，這些 Faberge 是從哪兒買來的？原來是從紐約一個猶太人那兒買來的。猶太人說得神靈活現，好像是沙皇親戚一般。朋友一家人被騙得一愣一愣，就這麼一批一批幾千萬的向他買來。

女兒在聖彼得堡的一家紀念品店看上了一個漂亮蛋形的 Faberge，我看看價錢是九百美金。媽咪說，這玩意兒是啥，怎麼這麼貴？我說，這是複製品，真的 Faberge 大概是九百萬美元，然後向他們慢慢細述我十多年前的Faberge經歷。

羅宋湯（Borsch）是俄羅斯美味又有名的國寶湯，鮮紅色的湯汁有如華麗Faberge 上艷麗的紅寶石，冬天喝下去暖滾滾的。而俄羅斯的夏天冷颼颼，還得穿羽絨衣。看到這些華麗的 Faberge，想到朋友被騙損失這麼多錢財，我站在俄羅斯夏宮，面對著波羅的海吹來的寒風，不禁拉緊衣襟，在這北國寒冷的夏天，回憶往事，脊椎骨更涼了一截。

三代同行

家族旅行，巨輪今日到達北歐愛沙尼亞的塔林（Tallinn, Estonia），真的是一個充滿驚奇的地方！它是位於波羅的海（Baltic Sea）岸上最古老的城市之一。小城六百年不變，維持原始風貌，有如走過中古世紀，圓桌武士或是哈利波特出沒之地。

塔林佔地一五九．二平方公里，約有四十萬人口。它位於該國的北部海岸，芬蘭灣（Gulf of Finland）赫爾辛基（Helsinki）的南部，斯德哥爾摩（Stockholm）以東及聖彼得堡的西部。塔林的老城區被聯合國教科文組織列為世界遺產，是文化的歐洲首都，一九四一年至一九四四年期間，納粹曾佔領愛沙尼亞。

我們一行三代，每個人想的都不一樣：老的走不動，想吃中國菜。小的愛來不來，還得求她下船。中的有的懶洋洋，走馬看花，幹什麼都無所謂；有的就怕此生不再回頭，就儘量多走、多看，而我就是那個要多走的。

這個古城純樸的不得了，百姓十分和善，手工藝品也格外精細。大家在城內逛逛都不想動。我抬頭一看，城牆頂上，萬頭攢動，問問有沒有人要和我上去？老的、小的、懶的都不肯動，交待了一聲我就往上爬。幸虧經常登山訓練，小坡還難不倒我。只不過這一路上舖得都是石頭路，像上萬里長城，一路上上下下像腳底按摩。

一分耕耘，一分收獲。百分之九十的遊人都在頂上！除了皇室、古蹟、教堂、博物館，還有十三世紀留下的古堡，有如走進童話故事，王子公主就要出現眼前。站在山頂，全城一覽無遺，美不勝收，都是尖尖的紅屋頂，可愛迷人。

為了不讓家人等太久，拍了幾張照片便匆匆下山。見到他們一行人坐在路邊小館暢飲啤酒，品嚐小吃，喝咖啡，各得其樂。我告訴他們山上有些什麼，他們沒上去沒看到，真可惜，大家好像也無所謂。

到了中餐時間，老的要吃中國菜，全城找中餐館。第一家是印度人做大廚，想想一定不道地。多虧全城免費上網，找到了第二家中餐館，館內走出來了大隊人馬全是老中，大聲問他們好吃不好吃，好吃才進去。

吃飽了、喝足了，逛逛紀念品店，買了幾件小手工藝品。回程路就同來時一樣，老的乘車，中的、小的走路。回到船上，老的開戰打麻將，中的不是運動就是休息，小的們說餓了，又大開吃戒。今天晚餐後有馬戲表演，一起吃飯大概是在船上唯一的共聚時刻。船要離駛這個可愛的城市，此地充滿驚喜，就是有點路途遙遠，來一趟不容易，但是真的可以再來。

老人與海

今天是遊輪在波羅的海上航行的日子，因為時差多了一個小時，所以也起了晚些。起身後到了樓上的餐廳，看到零零落落的老人，一個個的坐著，都是面對大海，若有所思的細嚼著口中的食物，似乎沉思的味道比吃進去的食物更濃些。這令我想起在哥本哈根看到的小美人魚銅像，他的臉上似乎帶著一絲抹不去的哀愁，而且據說她的頭，曾兩次被人鋸下丟到海裡，真不知道這些人在想些什麼？

這一次和家族共遊波羅的海，與幾年前的地中海之遊有所不同。地中海每日都是碧海藍天，出港的城市陽光燦爛，活潑許多。義大利、法國、西班牙……五光十色、爭奇鬥艷，都是國際舞台時尚的典範。船上的遊客也青春氣息較重。樂隊演奏的歌曲比較新而且活動量大，就連晚上看秀，也覺得舞台上的花樣層出不窮，目不暇給，說出來的笑話也是笑死人不償命。

而這一回的波羅的海之遊，多數的日子，雲層低且厚，而有時還會下些小雨。海的顏色呈灰暗色，去的國家如德國、俄羅斯、芬蘭……都有一些挺辛苦的歷史。除了皇宮或大教堂，其餘建築也都是灰色。冷不防還可見到坦克、大砲以及大鐵絲網座落街邊角落。它們的夏天只有兩週至一個月長，嚴冬寒冷而且黑矇矇一片，感覺老百姓嚴肅而且心情比較沈重。而我們船上的遊客長者居多，音樂也大多是六〇年代，對我來說有點陌生。另外除了輕鬆的爵士樂及弦樂在酒吧及咖啡廳演奏，都沒有太強烈的音樂

聲，像是怕把人吵死！晚上的表演秀雖然好看，但是少了刺激驚險的動作。笑話也是點到為止，怕有人心臟受不了？主持人不停的鼓勵請大家看完秀去頂樓熱舞，一個也叫不動。他說我們舞廳的ＤＪ是全船最孤獨的人。老傢伙們看完秀，眼睛都張不開了，多少人在看秀時就睡到不行，爬回房間。

看到這幾位老人望著無際的大海，嘴中嚼著食物。對於某些人來說，這可能是這一生中能跑得到的最遠的地方。連我自己也覺得，世界這麼大，要再回到同一點真的不容易。更何況物換星移，人事全非，就算再來，同行人也會不同。早餐過後，為什麼獨自來看海的老人愈來愈多？不論是碧海灰浪、藍天暗雲，人生如夢，過往雲煙，前塵往事，到底每一位老人心中是怎麼想？

腳踏車文化

來到了荷蘭首都阿姆斯特丹（Amsterdam），艷陽高照，看到市區內滿坑滿谷的腳踏車，搭了三層，比台大門前還可觀。計程車司機驕傲的說，荷蘭人四歲就開始騎腳踏車。一年四季，白天夜晚、上班上學、刮風

下雨都騎腳踏車。阿姆斯特丹因為是海洋性氣候，所以冬天雪雖不大，但是很冷，風也不小，所以得要把輪胎氣打足，才得行駛。

歐洲的油費高，開車雖然沒有車牌費，但是有過路費，也就是所謂的路稅。所以一般老百姓養不起車。有了腳踏車就連健身房也不用去了，街上沒胖子，大家騎車練身體，等於是免費的全民健保。市中心到處都見到腳踏車停放、出租和來去，也沒有人戴安全帽。這一點司機更是誇口的說，荷蘭人是在腳踏車上長大的，技術優良，腳踏車早就是身體的一部分。好像只有蠢蛋才需要安全帽！

順著腳踏車道，沿著水道往前行，中國城就在眼前。轉個小彎就到了風聞已久，佈滿神祕色彩的紅燈區。此區以前是供下船的水手遊樂之地，現在是旅遊觀光區，仍有營業。每一扇長窗就是一個店面，自給自足的個體戶。有的真的是看起來上了年紀，長窗後不知多少滄桑歲月？街上到處是大麻吸菸室，或是菸酒共享，還可打折。以美國律法來說，真是無法無天，但仔細往裡觀望，全是遊客，很少當地人。司機說，當地人想吸一口，手到擒來，不像此地遊客，大驚小怪。

荷蘭人的腳踏車是休閒型，有的前面有個小籃子以裝置購物，有的後面有個小椅子，可以帶小孩。看著美少女踩著腳踏車，長髮飛揚，有如小時候電視上看的洗髮精廣告，真的出現在眼前。俊男也不甘示弱，腿上肌肉，個個發達，全是馬路健將。街道上腳踏車的行徑路線又寬、又大、又清楚，路上也用不同顏色鋪路以便分別，不與汽車及行人爭道，十分安全。

計程車司機駕駛著他今年最新款的超級寶馬，急駛在高速公路上，技術高超，左拐右竄，帥得像電影明星。我說開的真順，是路好還是技術好？他說是車好，這一輛是高級豪華型，特別穩固，他是車行老板，覺得歐洲車是世界一流。似乎他們對交通工具都有自己的一套。寶馬在他驕傲的訴說中，風馳電掣的飛奔。能操五種語言，聽著他談論荷蘭腳踏車的經驗，跑了多遠、多快、多好、多愛，是省錢、環保、健康又便捷的交通工具。在他的口中，似乎沒有任何理由，這個城市不用腳踏車做為日常交通工具。

懷念塔林

波羅的海的盡頭，有一個可愛如童話故事的城市。都已經是去年的的事了，仍舊對它念念不忘。記得巨輪到達北歐愛沙尼亞的塔林，地理真的是沒唸好，一個完全陌生又充滿驚奇的地方！它是位於波羅的海岸邊，是最古老的城市之一。小城六百年不變，維持原始風貌，有如走入中古世紀，圓桌武士或是哈利波特出沒之地。

大塊的石板路和長了青苔的城牆，像是進入了童話故事或是電影場景。一轉眼望著古堡的城牆上，長髮公主就要瀉下她的長髮，好讓王子可以爬上城牆與她相會。厚實高大的城門，打開之後是否亞瑟王帶著御林軍馳著快馬，衝出城門？還是王子牽著白馬，馬上乘坐著白雪公主，緩緩的走出來？站在城中，一片思迷。登上山頂，全城一覽無遺，美不勝收，都是尖尖的紅屋頂，可愛迷人。

古城純樸，百姓和善，手工藝品也格外精細。我看上了一個木製的茶杯墊，上面刻有塔林字樣，木頭是用不同紋路拼製而成。年輕的少婦輕聲細語的說，是他先生親手製作的。我告訴她，「這麼好看，你先生一定是個藝術家。」買來之後，像個寶似的，我怎麼都捨不得拿來墊茶杯。思物憶人，皇室、古蹟、教堂、博物館、還有十三世紀留下的古堡，下回走進童話故事，王子公主會不會出現眼前？

釀文學235　PG2252

矽谷百合

作　　者　李嘉音
責任編輯　陳慈蓉
校　　對　張素梅
圖文排版　林宛榆
封面設計　蔡瑋筠

出版策劃　釀出版
製作發行　秀威資訊科技股份有限公司
114 台北市內湖區瑞光路76巷65號1樓
電話：+886-2-2796-3638　傳真：+886-2-2796-1377
服務信箱：service@showwe.com.tw
http://www.showwe.com.tw
郵政劃撥　19563868　戶名：秀威資訊科技股份有限公司
展售門市　國家書店【松江門市】
104 台北市中山區松江路209號1樓
電話：+886-2-2518-0207　傳真：+886-2-2518-0778
網路訂購　秀威網路書店：https://store.showwe.tw
國家網路書店：https://www.govbooks.com.tw
法律顧問　毛國樑　律師
總 經 銷　聯合發行股份有限公司
231新北市新店區寶橋路235巷6弄6號4F
電話：+886-2-2917-8022　傳真：+886-2-2915-6275

出版日期　2019年8月　BOD一版
定　　價　390元

國家圖書館出版品預行編目

矽谷百合 / 李嘉音著. -- 一版. -- 臺北市 : 釀出版,
2019.08
面 ;　公分. -- (釀文學 ; 235)
BOD版
ISBN 978-986-445-341-2(平裝)

863.55　108009676

讀者回函卡

感謝您購買本書，為提升服務品質，請填妥以下資料，將讀者回函卡直接寄回或傳真本公司，收到您的寶貴意見後，我們會收藏記錄及檢討，謝謝！如您需要了解本公司最新出版書目、購書優惠或企劃活動，歡迎您上網查詢或下載相關資料：http:// www.showwe.com.tw

您購買的書名：________________________________

出生日期：________年________月________日

學歷：□高中（含）以下　□大專　□研究所（含）以上

職業：□製造業　□金融業　□資訊業　□軍警　□傳播業　□自由業
　　　□服務業　□公務員　□教職　□學生　□家管　□其它_____

購書地點：□網路書店　□實體書店　□書展　□郵購　□贈閱　□其他

您從何得知本書的消息？

□網路書店　□實體書店　□網路搜尋　□電子報　□書訊　□雜誌
□傳播媒體　□親友推薦　□網站推薦　□部落格　□其他__________

您對本書的評價：（請填代號　1.非常滿意　2.滿意　3.尚可　4.再改進）

封面設計____　版面編排____　內容____　文／譯筆____　價格____

讀完書後您覺得：

□很有收穫　□有收穫　□收穫不多　□沒收穫

對我們的建議：________________________________

____

____

____

請貼
郵票

11466
台北市內湖區瑞光路 76 巷 65 號 1 樓
秀威資訊科技股份有限公司 收
BOD 數位出版事業部

（請沿線對折寄回，謝謝！）

姓　　名：＿＿＿＿＿＿＿＿　年齡：＿＿＿＿　性別：□女　□男

郵遞區號：□□□□□

地　　址：＿＿＿＿＿＿＿＿＿＿＿＿＿＿＿＿

聯絡電話：(日) ＿＿＿＿＿＿＿＿ (夜) ＿＿＿＿＿＿＿＿

E-mail：＿＿＿＿＿＿＿＿＿＿＿＿＿＿＿＿